© G.R. Gemin

Giancarlo R. Gemin wurde als Sohn italienischer Eltern in Cardiff in Wales geboren. »Milchmädchen« ist sein erstes Buch und hat schon zahlreiche Preise bekommen. Wenn er nicht schreibt, hört G.R. Gemin gern Musik, von Jimmy Smith bis Giuseppe Verdi. Der Autor lebt in London.

Milch-
G. R. Gemin

mädchen

Aus dem Englischen von Gabriele Haefs

CARLSEN

MIX
Papier aus verantwortungsvollen Quellen
FSC® C083411

Veröffentlicht im Carlsen Verlag

April 2021

Originalverlag: Nosy Crow Ltd, London, England

Originaltitel: »Cowgirl«

Umschlaggestaltung- und typografie: Suse Kopp und formlabor

Umschlagfotografie: Agata Serge

Umschlagmuster: iStockphoto.com © Natouche

Corporate Design Taschenbuch: bell étage

ISBN 978-3-551-31965-4

FÜR PAPA, MAMA, BARBARA UND JOE

AUSSPRACHE WALISISCHER WÖRTER

(Auf Walisisch wird das R gerollt!)

Bryn Mawr – Brinn-Maur = großer Hügel

Craig-y-Nos – Kreig-i-Noss = Nachtfelsen

Maes-glas – Meis-glass = grünes Feld

Sian – Schahn = Jane

Rhiannon – Ri-annon (Betonung auf der ersten Silbe)

Eins

Ich schrie um mein Leben.

Das hier war der pure Wahnsinn – wenn mir jetzt jemand entgegenkam, wäre ich Matsch. Ich hatte das Gefühl, dass der Wind mir das Gesicht abriss. Der Lenker zitterte, als ob ich hundert Meilen die Stunde hinlegte, und die Reifen schienen auch schon zu kreischen. Mit zusammengekniffenen Augen wartete ich auf den Zusammenstoß.

Dann hörte ich ein Muh.

Ich riss die Augen auf und sah Kühe auf der Straße – jede Menge Kühe.

Ich bremste wie besessen, geriet ins Schlingern, und beim Versuch, den Kühen auszuweichen, blieb ich mit dem Lenker an einem Zaunpfahl hängen und wurde vom Rad geschleudert. Ich schürfte mir Arme und Beine auf dem Asphalt auf.

Als ich dort lag, spürte ich, wie sich ein stechender Schmerz in meinem Körper ausbreitete. Mein Helm war mir über die Augen gerutscht und ich konnte hören, wie ein Fahrradreifen beim Drehen klickte. Dann war da wieder ein lautes Muh, ganz nah. Ich nahm den Helm ab und sah die Kühe. Sie glotzten mich an. Die Augen einer Kuh sind etwas Besonderes – wild und wütend, als ob sie dich gleich tottrampeln wird. Ich konnte mich nicht rühren.

Langsam rappelte ich mich doch auf, aber in dem Moment steuerte eine auf mich zu – eine riesige.

Ich schrie wieder auf.

»Was kreischst du denn hier so rum?«

Sie stand hinter mir, als ob sich eine der Kühe in sie verwandelt hätte. Es war Cowgirl. Niemand würde auf die Idee kommen, dass sie noch zur Schule geht, so groß ist sie, viel zu groß für die achte Klasse. Sie sieht auch immer wütend aus – rote Wangen, die Augen zusammengekniffen. Niemand kann sie leiden.

»Jag die weg«, brüllte ich.

»Das sind Kühe, keine Krokodile«, sagte sie. »Die tun nichts.«

Sie klatschte in die Hände. »Na los, Mädels. Jane. Rachel. Megan. Weg hier.«

Die Kühe trotteten davon, einfach so – die hatten bestimmt auch Angst vor ihr.

»Die dürfen doch gar nicht auf die Straße«, sagte ich im Aufstehen.

»Das sind Milchkühe, keine Stiere«, sagte Cowgirl. »Und du warst viel zu schnell unterwegs.«

Ich wollte sie eigentlich zusammenstauchen, als ich mein Rad aufhob. Ich glaube, ich war eher verlegen als wütend. Dann tauchte plötzlich eine Frau auf. »Hallo«, sagte sie und lächelte mich an.

»Die ist vom Rad gefallen«, sagte Cowgirl.

Die Frau war sicher ihre Mam. »Ach, du hast dich am Bein verletzt, Liebes«, sagte sie zu mir. »Bist du den ganzen weiten Weg hier rausgekommen, um Kate zu besuchen?«

Das wurde alles immer peinlicher, aber ehe ich irgendetwas sagen konnte, lotste sie mich schon auf den Hof, um mich sauber zu machen.

Und da saß ich nun in Cowgirls Küche und aß Kuchen und trank Tee. Es war richtig gut so, nachdem ich durch die Kälte geradelt war, aber ich fragte mich, was Sian sagen würde.

Während ihre Mam sich meine Schrammen anguckte, würdigte mich Cowgirl keines einzigen Blickes. Sie starrte nur aus dem Fenster. Dann stand sie auf, sagte, sie ginge in den Schuppen, und weg war sie.

»Sie will die Kühe melken«, erklärte ihre Mam, nachdem sie mir den Verband angelegt hatte. »Du kannst ihr zusehen, wenn du möchtest.«

Na, ich hätte ja kaum sagen können, dass ich weder die Kühe noch Cowgirl leiden mochte. Also ging ich los.

Die Kühe warteten ganz geduldig vor dem Melkschuppen. Ihr Atem bildete in der kalten Luft kleine Dampfwolken. Cowgirl drängte sich durch sie durch, so wie sie es machte, wenn sie auf dem Schulkorridor Kinder beiseiteschubste. Zwei Kühe warfen mir den Bösen Blick zu und ich erstarrte.

Cowgirl drehte sich zu mir um. »Noch immer Schiss?«

Das ärgerte mich, also biss ich die Zähne zusammen und ging hinter ihr her. Die Kühe waren so groß wie ich und breit wie ein Auto – gewaltig also –, und sie stanken wie die Hölle.

Cowgirl öffnete ein Metalltor und die Kühe folgten ihr hindurch. Ich blieb zurück und stellte mich neben einen riesigen durchsichtigen Tank.

Die Kühe trotteten geradewegs zu den Melkstationen, es gab kein Gedränge und Geschubse, jede wartete einfach, bis sie an der Reihe war. Cowgirl ging herum und befestigte bei einer nach der anderen Schläuche am Euter. Ich hatte das ja schon mal im Fernsehen gesehen, aber wenn man das genau vor der Nase hat, ist das etwas anderes. Ich konnte den Blick nicht davon abwenden, ehrlich. Die Pumpen saugten die Milch in die Schläuche, währenddessen fraßen die Kühe aus einem Trog, neben mir sprudelte Milch in den Tank. Und schon bald war Cowgirl bereit für die nächste Runde. »Willst du die Sauger anbringen?«, fragte sie mich.

Ich traute mich nicht. »Muss los.«

»Dann geh doch.«

Blöde Kuh, dachte ich. »Tu ich auch.«

Und dann ging ich.

Zwei

Den letzten Teil des Craig-y-Nos-Hügels hinab ließ ich das Fahrrad rollen, und diesmal hatte ich die Augen die ganze Zeit offen. Ich wartete, bis ich langsamer wurde und dann stehen blieb. Niemand war in der Nähe, so, als ob kein Mensch mehr auf der Welt wäre, nur ich. Die Stelle beim Wasserfall, die ich gesucht hatte, hatte ich nicht gefunden, und mir reichte es.

Ich stieg vom Rad und legte mich mitten auf die Straße. Das war schon wieder Wahnsinn, aber ich war eben in der Stimmung und ich wollte nicht nach Hause, noch nicht.

Die Straße fühlte sich hart und kalt an und ich starrte in die Wolken und Baumwipfel über mir. Ich mochte die Stille – war nicht an so was gewöhnt. Es fing an zu regnen, aber ich stand immer noch nicht auf. Die Regentropfen taten gut. Mein Bein und mein Arm schmerzten, wo Cowgirls Mam mich verbunden hatte, und ich dachte an die irren, glotzenden Kühe. Die waren jetzt sicher wieder auf der Weide und ich hätte gern gewusst, ob der Regen ihnen etwas ausmachte.

Ich hörte, wie ein Auto den Hügel herunterkam. Ich hätte Platz machen müssen, aber nach allem, was passiert war, war mir das egal. Selbst, als es immer näher kam, rührte ich mich nicht. Stöhnend und ächzend kam das Auto hinter mir zum Stillstand. Ich hörte, wie die Tür aufgemacht wurde.

»Alles in Ordnung?«

So ein Bauerntyp glotzte stechend auf mich herunter.

»Nein ... ich meine, ja.«

Ich stand auf. Sein Gesicht kam mir irgendwie bekannt vor, er wirkte eher wütend als besorgt. Als er sich wieder in seinen Lastwagen setzte, hob ich mein Fahrrad auf und machte den Weg frei. Ich sah zu, wie er losfuhr, und ich wollte mich gerade wieder hinlegen, als mein Handy klingelte. Das war Mam.

»Ja?«

»Wo steckst du?«

Nie im Leben würde ich ihr erzählen, was ich gesucht hatte oder dass ich mit geschlossenen Augen den Hügel hinuntergerast war und fast von einer Kuhherde zertrampelt worden wäre. »Mit dem Rad unterwegs.«

»Ruby ist tot«, sagte sie, als ob sie mir mitteilte, das Essen sei fertig. Ruby war der Hund meiner Oma.

»Ich hab gesagt, dass du gleich rübergehst und sie begräbst.«

»Ach, Mam! Du und Darren, ihr seid doch näher dran!«

»Na gut, Gemma. Aber wenn ich gehe, kommst du her und machst mit deinem Bruder Essen, oder wie? Du weißt doch, wie sehr deine Oma diesen Hund geliebt hat …«

»Ja, ist ja gut. Ich geh ja schon!«

Gerade war ich noch auf dem Land gewesen, aber jetzt gab es nur noch Beton und geschlossene Fenster – nach zehn Minuten hartem Strampeln war ich wieder in der Bryn-Mawr-Siedlung. Ich wohne im neuen Teil der Mawr, das ist eine große Siedlung, die an die alte angepappt worden ist. Dazwischen liegt der Bryn-Mawr-Park, der total zugemüllt ist, sogar mit Resten von Möbeln. Ihr würdet hier nicht wohnen wollen, das kann ich euch sagen. Der alte Teil der Mawr ist ein bisschen schöner. Es gibt da Reihenhäuser, hinter denen schmale Gassen vorbeiführen. Oma wohnt in so einem Reihenhaus. Als ich bei ihr ankam, goss es wie aus Kannen. Ich ging in den Garten hinter dem Haus. Oma öffnete die Tür und schaute zum grauen Himmel hoch.

»Macht das Buddeln immerhin leichter«, sagte sie. Ich stand vor ihr und wurde durch und durch aufgeweicht.

»Du brauchst mich nicht reinzubitten, Oma.«

»Entschuldige«, sagte sie und schon hatte ich ein schlechtes Gewissen, wo sie doch gerade erst ihren Hund verloren hatte – dabei hatte ich den nie leiden können.

Oma sah mir durch das Fenster dabei zu, wie ich in ihrem Garten das Loch grub. »Denk dran, der Busch muss da auch noch rein!«, brüllte sie.

»Ja, Oma!« Ich fror, aber ich versuchte, nicht die Geduld zu verlieren, da ich die Sache hinter mich bringen wollte. Oma war die Einzige, die Ruby gemocht hatte, denn sie war die Einzige, die von Ruby nicht angekläfft oder gebissen worden war. Ich merkte, dass jemand mich beobachtete, außer Oma, meine ich, und als ich aufblickte, sah ich Mr Banerjee, der mich von der Tür des Nachbarhauses her anstarrte. Er ist bestimmt neunzig oder sogar hundert und er hat fiese Glubschaugen.

»Hund tot?«, fragte er.

Ich nickte, und dann flog das Gartentor auf und Jamie Thorpe kam herein. »Was geht, Gemma?«

»Muss Ruby begraben.«

»Cool.« Er stand im Regen, als ob es ein sonniger Tag wäre.

Oma hämmerte ans Fenster. »Hau ab!«

Jamie achtete nicht auf sie. »Hat mich mal gebissen, der Hund da. Musste 'ne Spritze kriegen.«

»Ja, weiß ich noch – Ruby fand die Spritze schrecklich.«

»Nee, ich – ich hab die Spritze gekriegt.«

Den Witz hatte er nicht kapiert – ist ein bisschen schwer von Begriff.

»Los, komm, Jamie!«, rief jemand in der Gasse.

Oma kam in den Garten. »Mach, dass du wegkommst, du kleiner Verbrecher.«

»Heut bin ich doch ganz brav«, gab Jamie zurück.

Oma riss mir die Schaufel aus der Hand und drohte Jamie damit. »Hau ab oder ich mach das Loch noch größer.«

Jamie starrte sie an – als ob ihm das total egal wäre. Also lief Oma auf ihn zu. »Du kleiner ...« Er wich aus und die Schaufel krachte gegen den Torpfosten.

»Bin froh, dass Ihr Hund krepiert ist!«, brüllte er im Weglaufen.

Oma knallte die Hintertür zu und nahm sich dann mich vor. »Steh hier nicht einfach so rum!«

»Er ist das nicht wert, Oma.«

»Ich kann nicht mal Ruby in Ruhe begraben. Und bei der armen Mave ist erst gestern eingebrochen worden und sie war doch sogar zu Hause ...« Oma hob die Arme zum Himmel. »Mit dieser Gegend hier geht es zur Hölle.«

Sie drehte durch und ich kriegte ein bisschen Schiss. Sie ging wieder ins Haus und brachte den in eine Decke gewickelten Hund heraus. Ich wollte ihn ihr abnehmen.

»Nein, ich mach das selbst.«

Die Tür zur Gasse wurde wieder geöffnet. Oma fuhr herum, aber es war nur Mr Banerjee in seinem langen indischen Gewand. Er trat vor und legte Blumen auf die tote Ruby. »Für die Seele

Ihres Hundes«, sagte er. Da fing Oma mit einem Mal an zu weinen. »Danke.«

Sie kniete nieder und bettete Ruby umständlich so in das Loch, dass sie nicht gequetscht wurde. Mr Banerjee murmelte Gebete, auf Indisch, glaube ich, und ich stand nur da und wurde nass.

Oma zeigte auf den Strauch, den sie gekauft hatte. Ich holte das Teil. Sie stellte den Strauch in das Loch, umgab ihn mit Erde und drückte sie darum herum fest. Sie lag ewig lange auf den Knien – nahm Abschied von Ruby, dachte ich. Endlich stand sie stöhnend wieder auf und schaute zum Himmel hoch. Der Regen prisselte-prasselte auf ihr Gesicht. Ihr Kinn zitterte und sie schluchzte auf. Ich berührte ihren Arm. »Oma?«

Sie sah mich mit einem komischen Blick an. »Bleib zum Essen hier, ja?«

Es klang wie eine Bitte. Sie tat mir leid und deshalb nickte ich. Obwohl ich, ehrlich gesagt, auch lieber bei Oma essen wollte, als nach Hause zu gehen.

Drei

Oma hat einen wunderschönen echten Kamin. Das ist eine von ihren Beschäftigungen, wie sie das nennt. Sie sagt immer: »Wenn man keine Beschäftigung hat, geht man ein und stirbt.«

Ich stocherte im Feuer, als Oma hereinkam. Ich nieste.

»So, Kind. Jetzt sieh aber zu, dass du nach oben kommst«, sagte sie. »Trockne dich ab und zieh einen Pullover von deinem Opa an.«

Bei der Stimmung, in der sie gerade war, wollte ich lieber nicht widersprechen.

In Omas Schlafzimmer war ich schon seit einer Ewigkeit nicht mehr gewesen. Ich rubbelte mich trocken und suchte nach etwas zum Anziehen. Oma wirft nie etwas weg. Ich öffnete eine Schublade und da lagen Opas Pullover. Ich konnte mich kaum an ihn erinnern, aber plötzlich war ich traurig – Oma wuselte unten herum und Opa war so tot wie Ruby. Die Pullover rochen muffig, aber ich wollte unbedingt zurück zum Feuer, deshalb griff ich mir den obersten und zog ihn an.

Ehe ich nach unten ging, hörte ich ein Flöten. Für einen Moment dachte ich, das sei Omas Kessel, aber das Flöten kam von nebenan – wo die Banerjees wohnen. Ich legte mein Ohr an die Wand. Das war keine Schallplatte oder so. Da spielte jemand ein richtiges Instrument.

»Gemma!«, schrie Oma zu mir herauf. »Was machst du da oben eigentlich?«

Unten war der Tisch gedeckt und es gab Brot, Schinken, Käse und Omas selbst eingelegte Gurken. »Soll ich was helfen?«, fragte ich.

Sie kam mit der Teekanne herein. »Nein. Setz dich.«

Sie nahm auch Platz und bestrich eine Scheibe Brot mit Butter. So still und ernst hatte ich Oma noch nie erlebt.

»Ich bin am Verhungern«, sagte ich.

Nur das Klirren ihres Messers auf dem Teller war zu hören und sie starrte beim Essen die ganze Zeit auf die Tischplatte.

»Was ist denn bei Mave passiert?«, fragte ich.

»Die ist in ihrem eigenen Haus überfallen worden«, sagte sie und starrte noch immer. »Sie macht die Haustür auf und da steht so ein Junge und fragt, ob sie irgendeine Arbeit für ihn hat. Nein, sagt sie, aber er verwickelt sie in ein Gespräch. Dann hört sie im Haus ein Geräusch. Sie geht wieder rein und ertappt ein paar

Kerle auf frischer Tat, wie sie ihre Schränke durchwühlen. Und die sind mit dem Glas abgehauen, in dem Mave Pfundmünzen gesammelt hatte.«

»Wie gemein«, sagte ich.

Oma seufzte. »In der Bryn Mawr wird es immer schlimmer. Wir gehen nur noch alle zusammen zum Postamt, um unsere Rente zu holen, haben Angst, dass uns auf dem Rückweg was passiert. Es ist schrecklich hier in der Siedlung, es ist schon bald wie im Krieg. Alle in der Straße haben Angst – Angst, Fremden die Tür aufzumachen. Wir sind wie Gefangene.«

Sie wirkte echt total niedergeschlagen.

»Hab nebenan jemand Flöte spielen hören«, sagte ich, um das Thema zu wechseln.

»Mr Banerjees Enkel. Seine Familie wohnt jetzt wieder in der Nähe.«

»Ach was?«, sagte ich. Nicht, dass es mich interessiert hätte, hatte noch nie viel mit den Banerjees zu tun. »Komische Leute, findest du nicht?«, fügte ich hinzu.

»Nein«, fauchte Oma. »Sie sind reizend. Wenn du mich fragst, dann könnte meine Familie sich von denen mal eine Scheibe abschneiden. Sie sind hierher zurückgezogen, um in der Nähe von Mr Banerjee zu sein. Sie kümmern sich umeinander und um mich – mehr als meine eigene Tochter.«

»Ich bin doch hier, oder nicht?«

»Und wann warst du das letzte Mal bei mir?«

»Vorigen Sonntag.«

»Nein. An dem davor.«

»Oh.«

Wir aßen schweigend weiter.

»Ich hasse Kühe«, sagte ich.

Oma schaute auf und runzelte die Stirn. »Was hat dir denn jemals eine Kuh angetan?«

»Die sind irgendwie beängstigend«, sagte ich. »So, wie sie dich anglotzen.« Sie sah mich aufmerksam an, deshalb erzählte ich ihr, was bei Cowgirl passiert war, und machte ein großes Drama daraus. »Eine Kuh hätte mich fast totgetrampelt.«

Oma schnalzte mit der Zunge.

»Plötzlich tauchte Cowgirl aus dem Nichts auf ...«

»Wer?«

»So 'n komisches Mädchen aus der Schule. Wir nennen sie Cowgirl. Riesig und unheimlich, wie ihre Kühe. Die tun nichts, hat sie gesagt.«

»Da hat sie Recht«, sagte Oma.

Sie hörte mir zu, und darüber freute ich mich, auch wenn sie mich sicher für einen Feigling hielt. Ich erzählte ihr von Cowgirls Mam, die auf dem Hof meine Schrammen gereinigt hatte, und dann von Cowgirl beim Melken. Als ich fertig war, fragte Oma: »Wie heißt denn dieses Mädchen?«

»Kate Thomas.«

Sie nickte. »Ich glaube, ich hab ihren Großvater gekannt.«

»Wie das?«

»Als ich im Krieg Bauernhelferin war. Ich hatte zuerst Angst vor Kühen. Hab mir alle Mühe gegeben, ihnen aus dem Weg zu gehen, bis mir nichts anderes mehr übrig blieb. Und dann ist mir ganz schnell aufgegangen, dass sie wunderbare sanfte Wesen sind. Ich musste sie melken – mit der Hand, stell dir das vor, diesen Maschinenkram gab es noch nicht ...«

Ich wusste ja schon, dass sie im Krieg auf einem Bauernhof gearbeitet hatte, aber diesmal fand ich das sogar interessant. Sie war erst sechzehn gewesen. Hatte Kühe gemolken und auf dem Feld ausgeholfen und überhaupt.

»Jeden Abend war ich total kaputt«, sagte sie. »Bin gleich nach dem Abendessen schlafen gegangen, manchmal schon um neun. Und gleich darauf klopfte die Bäuerin dann wieder an die Tür. ›Aufstehen, Mädels. Hoch mit euch!‹ Das nahm irgendwie nie ein Ende. Aber nach zwei Wochen hatte ich den Rhythmus raus und fand es wunderschön, als ob ich nie was anderes gemacht hätte. An den Besitzer der Farm erinnere ich mich noch gut – kräftiger Bursche, sagte kaum ein Wort. War ein paar Jahre älter als ich. Er hieß Gareth Thomas. Ich glaube, diese Kate könnte seine Enkelin sein.«

Einige Sekunden lang war sie meilenweit weg, dann riss sie

sich aus ihren Erinnerungen los und fing an, die Teller aufeinanderzustellen.

»Du musst jetzt nach Haus zu deiner Mam.«

»Ach, ist schon gut«, sagte ich, weil ich nach diesem Tag lieber so lange wie möglich bleiben wollte.

»Nein. Du gehst nach Hause, aber ich möchte, dass du diese Kate mal zum Mittagessen mitbringst.«

Das konnte nicht wahr sein. »Nie im Leben, Oma«, sagte ich voller Panik.

Sie knallte die Teller auf den Tisch und zeigte mit dem Finger auf mich. »Ich hab eben meine Ruby begraben, Gemma. Hast du das schon vergessen? Ich verlange nicht viel von dir, und wenn du ab und zu hinter dem Rücken deiner Mam deinen Fünfer willst, dann tust du, was ich dir sage.«

»Aber ich kenne sie doch gar nicht, Oma.«

»Nein, stimmt – du warst nur zum Tee bei ihr, hast dich von ihrer Mam zusammenflicken lassen und ihr beim Melken zugesehen. Aber du kennst sie nicht, ist das so?«

»Aber ...«

»Hast du Angst vor ihr, oder was?«

»Nein.«

»Sie ist ein Mädchen, Gemma, genau wie du. Und du solltest sie nicht Cowgirl nennen – sie heißt Kate. Es klingt, als wäre sie ein nettes Mädchen, also möchte ich, dass du sie zum Mittagessen mitbringst, und zwar übermorgen. Du kannst in null Komma nix herkommen und zurück in die Schule gehen.«

Ich machte den Mund auf, aber Oma hob die Hand. »Du lädst sie ein, Schluss, aus.«

Super, dachte ich. Einfach grandios.

Vier

»Wo hast du dich denn rumgetrieben?«, fragte Mam.

»Bei Oma.«

»Bis jetzt?«

»Mam! Was hast du denn erwartet? Dass ich Ruby verbuddele und gleich wieder abhaue?«

»Du warst eine Ewigkeit da, Jamma«, sagte Darren, der sich auf dem Sofa fläzte. »Wie lang braucht man denn bitte, um einen Hund zu verscharren?«

»Halt die Klappe und nenn mich nicht Jamma.«

Er grinste. »Vielleicht war sie bei ihrem Freund, Mam?«

»Was sagst du? Was für ein Freund?«

Ich merkte, wie ich rot anlief, und dabei hab ich nicht mal einen Freund. »Er labert nur, Mam.« Darren versuchte, mich die Wand hochzujagen, das macht er doch immer.

»Hat sie gesagt, ob sie sich einen neuen Hund anschafft?«

»Nein. Sie hat doch gerade erst Ruby begraben.«

»Na, ich hoffe, sie lässt es.«

»Warum? Warum soll sie sich keinen neuen Hund zulegen?«

»Gemma, bist du je auf die Idee gekommen, dass ich alle Hilfe brauche, die ich kriegen kann – seit dein Vater sitzt, dieser Obertrottel? Ich brauche Hilfe mit dem Geld und mit allem anderen. Ich will nicht, dass deine Oma ihr Geld für einen Hund oder eine Katze aus dem Fenster wirft.«

»Wieso nicht? Weil du die Kohle willst?«

Mams Augen wurden zu schwarzen Schlitzen. »Was hast du gesagt?«

»Sie hat gesagt: Weil du die Kohle willst, Mam«, sagte Darren und sprang auf.

»Werd hier bloß nicht frech, Gemma.«

»Jawoll«, sagte Darren und feixte.

Das reichte. Ich packte ihn und stieß ihn rückwärts gegen die Anrichte. »Du hältst jetzt deine miese Drecksfresse!«

»Mam!«, schrie er. Ich knallte ihn noch einmal gegen die Anrichte, und Dads Tom-Jones-Statue klapperte. Darren versuchte, mein Gesicht zu erwischen, aber ich habe längere Arme.

»Lass ihn los, Gemma!«, brüllte Mam, doch das tat ich nicht.

»Ich hab deine Schleimerei satt, deine fettigen Haare, deine ekligen Unterhosen auf dem Badezimmerboden. Eine Ratte ist sauberer als du …«

»Mam! Die soll mich loslassen!«

»... und wie du dein Müsli schlürfst und wie du vor der Glotze immer in der Nase bohrst ...« Jetzt war Darren an allem schuld, fand ich, daran, dass Dad im Gefängnis war, dass Mam so gemein sein konnte, dass Oma sich nicht aus dem Haus traute.

»Es reicht, Gemma!«

Darren packte meine Haare, also schnappte ich mir seine. Mam hielt mich fest. »Lass ihn los!« Wir drei rangen, wie in einer wilden, wütenden Umarmung. Wir knallten wieder gegen die Anrichte, Tom Jones fiel auf den Boden und zerbrach. Ich zog noch einmal wunderschön an Darrens Haaren und dann plumpsten wir alle übereinander.

»Ich halt's nicht aus mit dem«, schrie ich, als ich wieder auf die Beine kam.

»Die hat sie doch nicht mehr alle!«, brüllte Darren.

Mam blieb einfach liegen.

»Alles in Ordnung, Mam?«, fragte Darren. »Soll ich einen Rettungswagen holen?«

»Sei nicht blöd«, sagte ich.

»Hättest Mam fast umgebracht.« Darren half ihr auf.

Mam stöhnte. »Warum müsst ihr euch immer streiten, he?«

»Dazu braucht man zwei, Mam«, sagte ich.

»Braucht man nicht«, sagte Darren und versteckte sich hinter ihr.

»Ich weiß nicht, was in dich gefahren ist, Gemma, echt nicht, großer Gott, aber du gehst jetzt in dein Zimmer. Abendessen ist gestrichen.«

»Hab schon bei Oma gegessen«, sagte ich und machte ein totales Mir-doch-egal-Gesicht. Als ich die Treppe hochstieg, hörte ich Darren noch einmal sagen: »Die hat sie doch nicht mehr alle, Mam, oder?«

Er ist *so* ein Schleimer.

In meinem Zimmer machte ich kein Licht – ich legte mich einfach aufs Bett und dachte daran, dass ich Cowgirl zu Oma zum Mittagessen einladen musste. Aber daran wollte ich nicht denken, deshalb dachte ich daran, was Dad in seiner Zelle wohl gerade machte. Aber daran wollte ich auch nicht denken. Nach allem, was passiert war – dass ich die Stelle am Wasserfall nicht gefunden hatte, dass die Kühe mich angegriffen hatten, dass Omas Ruby gestorben war und dass ich mich mit Mam und Darren gefetzt hatte –, war ich plötzlich wütend, aber ich wollte nicht weinen.

Ich wollte wollte wollte nicht.

Also hämmerte ich mit den Fäusten auf meine Matratze ein und schrie, so laut ich konnte.

Fünf

Es war eiskalt im Bus und wir waren zusammengepfercht wie Kühe, die aufs Melken warten. Cowgirl saß am Fenster und starrte durch ein rundes Loch, das sie in die beschlagene Fensterscheibe gerieben hatte. Ich sah, dass ihre Hände rot und aufgequollen waren. Vielleicht kommt das davon, wenn man die ganze Zeit Kühe melkt. Ich hatte sie noch nie lächeln sehen – wobei ich ja auch nicht den ganzen Tag grinsend durch die Gegend laufe.

»Schaut mal, die da«, sagte Sian und zeigte mit dem Kinn auf Cowgirl. »Was machen die Kühe, Cowgirl?«, brüllte sie.

Cowgirl sah weiter aus dem Fenster.

Wir lachten alle. Sian Jenkins war ganz schön dreist. Mit ihr legte sich niemand an. Sie fand es cool, dass mein Dad im Knast saß, und sie fragte immer nach ihm, auch wenn mir das gar nicht recht war. Ich hatte ihr nichts davon erzählt, dass ich Cowgirl getroffen hatte und überhaupt, so war das weniger stressig.

»Okay.« Sian ließ nicht locker. »Was machen die Girls, Kuh?«

Es wurde noch mehr gelacht. Cowgirl schaute zu mir herüber. Ich konnte ihre Gedanken lesen – *wir haben dich zusammengeflickt und dir Tee gegeben und jetzt bist du wieder auf der anderen Seite, bei Sian und der Bande.*

Wir stiegen vor der Schule aus dem Bus und Sian wartete auf sie. Mir war klar, dass Sian Streit suchte, und ich fand es überhaupt nicht gut, wie sich die Sache entwickelte. »Komm schon, Sian«, sagte ich.

»Moment noch«, sagte sie und ließ die Bustüren nicht aus den Augen.

Cowgirl stieg als Letzte aus.

»Ich kann es gar nicht leiden, wenn ich keine Antwort kriege«, sagte Sian zu ihr.

Cowgirl schien überhaupt keine Angst vor ihr zu haben – sie hatte vermutlich vor niemandem Angst. »Wir kommen zu spät«, sagte sie.

Als sie weitergehen wollte, vertrat Sian ihr den Weg und versetzte ihr einen Stoß. Cowgirl bewegte sich kaum, als ob sie eine Mauer wäre.

Mit einem Mal erblickte ich Darren, er stand bei den Tobin-Brüdern.

Was hat der denn vor?, dachte ich. Die Tobins waren ganz schön in Verruf und sie waren fast nie in der Schule, weil sie dauernd für ein paar Tage verwiesen wurden. Dann hörte ich einen Schrei.

Ich sah mich um. Sian hing über Cowgirls Schultern, strampelte mit den Beinen und brüllte. Ich konnte es nicht fassen – Cowgirl trug sie ganz einfach.

»Lass mich runter, du Kuh!«

»Nettes Kompliment«, sagte Cowgirl und marschierte los.

Wir versuchten, Sian zu befreien, aber Cowgirl schüttelte uns einfach ab wie lästige Fliegen. So stark ist sie. Sian zappelte und schrie immer weiter. Viele lachten und ich muss zugeben, es war wirklich komisch, aber ich musste so tun, als ob ich wütend wäre. Cowgirl ging mit Sian in den Kiosk neben der Schule, alle anderen hinterher.

Der Verkäuferin fiel die Kinnlade herunter, als sie Cowgirl mit einem Mädchen über der Schulter sah. »Eine Bananenmilch, bitte«, sagte Cowgirl.

»LASS MICH RUNTER!«, kreischte Sian.

»Sie hasst die Schule«, sagte Cowgirl beim Bezahlen zu der Verkäuferin.

Draußen waren die Leute aus der Schule zusammengeströmt. Und als wir weitergingen, liefen immer mehr hinter uns her – wie bei einer Parade. Als wir das Schulhaus betraten, waren wir von allen Seiten umzingelt. Mr Beale drängte sich durch. »Was ist denn hier los?«

»Ich hatte Angst, dass wir zu spät zum Unterricht kommen, Sir«, sagte Cowgirl.

»Komm schon, lass sie runter.«

Kaum hatte Sian festen Boden unter den Füßen, da schlug sie auch schon nach Cowgirl, aber die packte ihren Arm und verdrehte ihn. Sian schrie auf.

»Das reicht jetzt«, sagte der Beale. »Also, was soll das alles?«

»Die ist 'ne Kuh«, sagte Sian.

»Ganz schön undankbar, finden Sie nicht, Sir?«, fragte Cowgirl. »Ich hab dafür gesorgt, dass sie die erste Stunde nicht verpasst, und das ist jetzt der Dank.«

Ich fand das toll: Die meisten anderen Mädchen an der Schule hätten gesagt, Sian hat dies getan oder das gesagt. Cowgirl nicht. Ihr war das doch egal. Ich muss schon sagen, sie war wirklich furchtlos.

In der Mittagspause sah ich zu, wie Cowgirl umherwanderte, als ob sie Hofaufsicht hätte. Sie sagte zu niemandem etwas und ich musste dafür sorgen, dass Sian mich nicht mit ihr sprechen sah. Als ich bemerkte, dass Cowgirl aufs Klo ging, war meine Gelegenheit gekommen.

Am Waschbecken stand ein Mädchen und betrachtete sich im Spiegel, und die Türen von zwei Klozellen waren geschlossen. Ich ging in die dritte. Ich hörte eine Spülung. Ein Mädchen kam heraus und ging zusammen mit der vom Spiegel weg. Ich holte tief Luft.

»Meine Oma möchte dich morgen zum Mittagessen einladen.«

Schweigen. Ich klopfte an die Wand der Klozelle.

»Wer ist das?«

»Gemma. Meine Oma möchte dich morgen zum Mittagessen einladen.«

»Warum?«

»Weiß nicht.«

»Wieso kennt sie mich?«

»Ich hab ihr von deinen Kühen erzählt. Im Krieg war sie bei so einem Dings – hat auf einem Bauernhof gearbeitet ...«

»Landeinsatz?«

»Ja, genau.«

Ich wartete. »Also?«

»Nein danke.«

Ich hörte, wie sie abzog.

»Du musst«, sagte ich, als sie sich die Hände waschen ging.

»Warum lädst du nicht Sian ein?«

»Sian hat keine Kühe«, sagte ich. »Hör mal, wenn du nicht kommst, glaubt mir meine Oma nie, dass ich dich gefragt habe.«

Ein paar Mädchen platzten herein. Ich ging auf den Flur und war total fertig. Als Cowgirl herauskam, heftete ich mich an ihre Fersen. »Kommst du nun oder nicht?«

Sie drehte sich zu mir um. »Warum sollte ich?«

»Ihr findet beide Kühe toll, es gibt eine Mahlzeit umsonst und ihr Hund ist gerade gestorben.«

Ich schaute an ihr vorbei und sah Sian und die Bande auf uns zukommen.

»Bitte«, sagte ich.

Cowgirl starrte mich an. »Na gut. Wenn du mit mir zusammen hingehst und wieder zurückkommst.«

Die anderen kamen näher. »Wie du willst.«

»Heißt das, ja?«, fragte sie.

Sian sah uns jetzt an.

»Schultor, morgen um halb eins.«

Weg war ich.

Sechs

»Wieso hast du dich heute Morgen mit den Tobin-Brüdern rumgetrieben?«, fragte ich Darren. Mam sollte das ruhig hören.

Er wurde weiß. »Keine Ahnung, wovon sie da redet, Mam.«

Das Telefon rettete ihn.

»Das wird euer Dad sein.«

Ich ließ Darren immer zuerst mit Dad reden, einerseits, weil er immer Lust dazu hatte, vor allem aber, weil ich nie wusste, was ich überhaupt sagen sollte. Ich wurde immer nervös, wenn er anrief, wie vor einem Auftritt oder wenn ich in der Klasse etwas vorlesen musste. Also ging ich die Treppe hoch, während Darren losplapperte.

Als ich dort oben saß, dachte ich an die Stelle mit dem Wasserfall – die Stelle, die ich finden wollte. Ich dachte daran, wie Dad und Darren die Köpfe in das eiskalte Wasser gesteckt hatten, um zu sehen, wer es länger aushalten könnte. Und wie Mam und ich gelacht hatten. Darren gab zuerst auf. Ich weiß noch, wie ich in eine Art Trance versank, als ich dem fallenden Wasser zusah. Das Wasser verschwamm, als ob es nicht echt wäre – ein Zaubertrick. Es strömte einfach nur herunter, weiter und weiter, und hörte nie auf.

»GEMMA. KOMM RUNTER UND SPRICH MIT DEINEM DAD!«

Ich wurde richtig nervös, als ich nach unten ging. Darren saß wieder vor der Glotze.

»Wo hast du denn gesteckt?«, flüsterte Mam.

Ich nahm ihr das Telefon ab. »Hallo, Dad.«

»Gemma! Wie geht's denn so?«

»Gut.«

»Schule okay?«

»Ja …« Und schon wusste ich nicht mehr weiter. Ich hätte ihm wohl von Cowgirl erzählen können, aber das wollte ich nicht, nicht wenn Mam dabei war, und es hätte ihn ja sowieso nicht interessiert.

»Was machst du denn heute Abend?«, fragte ich, ohne nachzudenken.

Mam runzelte die Stirn. Es war aber wirklich eine blödsinnige Frage.

»Ach, ich und zwei von den Jungs wollten mal in die Stadt … ein paar Bier, du weißt schon?« Er prustete los.

Seine Witze gefielen mir nicht. Es wäre mir lieber gewesen,

er hätte gesagt, *Was redest du da für einen Blödsinn, Gemma? Was glaubst du wohl, was ich mache?* Aber so war mein Dad – machte immer aus allem einen Witz. Bei der nächsten Gelegenheit gab ich das Telefon an Mam weiter und ging nach oben.

Später hörte ich, wie Mam Darren sagte, er solle sein Videospiel ausstellen und ins Bett gehen. Als sie bei mir hereinschaute, hatte ich mich unter der Decke verkrochen und tat so, als ob ich las.

»Nacht, Gemma«, sagte sie.

»Nacht, Mam.«

Sie wollte schon die Tür zumachen.

»Mam?«

»Was?«

»Weißt du noch, das Picknick?«

»Welches Picknick?«

Ich hätte gern gesagt, *Mam, wie oft machen wir denn ein Picknick?* »Ich, du, Dad und Darren. Da gab es einen Wasserfall und einen Baum. Wir waren den ganzen Tag da.«

Ich konnte Mams Gesichtsausdruck nicht sehen, weil das Licht aus dem Treppenhaus sie zu einem Schatten in der Tür machte. »Vage«, sagte sie. »Was ist damit?«

»Wo war das? Die Stelle?«

Ich hielt den Atem an.

»Weiß ich nicht mehr. Warum?«

Weil es ein wunderschöner Tag war, hätte ich gern gesagt. *Du hast gelacht und du warst glücklich, und ich will wieder dahin.*

»Egal«, sagte ich.

Mam blieb in der Tür stehen. Ich starrte sie an – den Schatten.

»Nur noch einen Monat, dann ist dein Dad wieder draußen.«

»Ja«, sagte ich. Was anderes fiel mir nicht ein. Ich hätte sie gern gefragt, wie sie das sah. Zwei Jahre eingefahren, und dann kommt er einfach zurück, als ob er irgendwo auf Arbeit gewesen wäre.

»Nacht, Gemma.«

»Nacht, Mam.«

Der Schatten schloss die Tür.

Sieben

»Komm doch endlich.«

Ich lief vor dem Schultor hin und her. Da kam sie angeschlendert, als ob es keinen Grund zur Eile gäbe. »Hier lang«, sagte ich.

Cowgirl ging einfach tödlich langsam. Trott, trott, trott. Ich lief aber gern vor ihr her, weil ich ja nicht mit ihr zusammen gesehen werden wollte. Von der Schule bis zu Oma waren es etwa zehn Minuten – zwei Straßen und eine Abkürzung durch den Park –, aber wir hatten nicht viel Zeit.

»Du willst das überhaupt nicht, oder?«, fragte sie.

»Ist doch egal.«

»Wir können das auch lassen, wenn es dir lieber ist.«

»Hör mal«, sagte ich und drehte mich zu ihr um. »Gerade ist der Hund meiner Oma gestorben, klar? Ich hab ihr von dir und deinen Kühen erzählt, weil ich dachte, das könnte sie interessieren. Sie hat gesagt, ich soll dich zum Mittagessen einladen. Du hast angenommen, also gehen wir jetzt dahin. Bei meiner Oma gibt es richtig gutes Essen, viel besser als der Fraß in der Schule, also kommst du jetzt oder nicht? Wir haben schließlich nicht den ganzen Tag und ...«

»Schon gut. Schon gut. Gehen wir eben.«

Nach einer Weile fragte sie: »Was hast du ihr über mich erzählt?«

»Ich hab gesagt, du gehst in meine Klasse, du hast Kühe und du wohnst auf einem Hof – zufrieden?«

Wir gingen schweigend weiter.

»Du bist also Gemmas Freundin Kate?«, fragte Oma und trat damit gleich ins Fettnäpfchen. Ich sagte nichts, sondern ging einfach weiter ins Wohnzimmer. Oma hatte den Tisch schön gedeckt und das Feuer loderte, und um ehrlich zu sein, war mir jetzt alles egal. Ich setzte mich und fing an, mich vollzustopfen.

Es stellte sich heraus, dass Oma tatsächlich Cowgirls Opa gekannt hatte, deshalb redeten und redeten sie. Cowgirl war ganz anders als sonst – sie lächelte und war fröhlich. Oma verbreitete sich über den Landeinsatz, das frühe Aufstehen, Melken per Hand und den ganzen Kram.

»Wie viele Kühe habt ihr?«, fragte Oma.

»Zwölf«, sagte Cowgirl. »Wir hatten mehr, aber dann kam die Maul- und Klauenseuche.«

Plötzlich sah sie traurig aus.

»Ach, das war schrecklich«, sagte Oma. »Dass all die Kühe getötet und verbrannt wurden. Ein Jammer.«

»Was?«, fragte ich. »Umgebracht und verbrannt?«

Beide schauten mich an. »Ach, Gemma, weißt du das nicht mehr? Die Kühe wurden aufgestapelt wie Holz für ein Lagerfeuer. Wir konnten von hier aus den Rauch sehen, und dann der Geruch – das war schrecklich.«

»Ach ja, richtig«, log ich.

»Die Bauern haben aber Entschädigung bekommen, oder?«, fragte Oma.

Cowgirl starrte ihren Teller an. »Schon«, sagte sie. »Aber das war nicht dasselbe. Während wir auf das Geld gewartet haben, hat Mam sich eine Halbtagsstelle in der Stadt gesucht. Als das Geld dann kam, hat Dad eine kleinere Herde gekauft und sich als Landschaftsgärtner selbstständig gemacht, das hat er immer schon gewollt. Und als er mehr und mehr Aufträge bekam, habe ich das Melken übernommen.«

»Du ganz allein?«, fragte Oma.

Cowgirl zuckte mit den Schultern. »Mir gefällt das.«

Oma lächelte sie an. »Na, ich glaube, du machst das genau richtig, Kate. Wie viele Mädchen können das schon von sich behaupten? Ich finde, du bist großartig.«

Cowgirl biss in ihr Butterbrot, als ob sie nichts gehört hätte.

»Ich bin aber froh, dass ich nicht per Hand melken muss – würde Stunden dauern.«

»Ich hab beim Melken immer mit ihnen geredet«, sagte Oma. »Hab ihnen manchmal sogar was vorgesungen. Sie sind so liebe, sanfte Wesen. Ich begreife nicht, dass irgendwer Angst vor ihnen haben kann.« Beide sahen mich an, während ich mir gerade den letzten Rest eines Rosinenbrötchens in den Mund schob.

»Meinen Sie, Sie wissen noch, wie eine Kuh gemolken wird, Mrs Matthews?«, fragte Cowgirl.

»Wieso denn nicht? Ja, ja, ich glaube, das weiß ich noch.«

»Wollen Sie dann nicht mal zu uns kommen und einen Versuch machen?«

Oma strahlte. »Wirklich?«

Cowgirl nickte.

»Schrecklich gern.«

Ich geriet in Panik. »Aber das geht doch nicht«, sagte ich mit vollem Mund.

»Wieso denn nicht?«, fragte Oma.

»Wie willst du denn da hinkommen?«

»Ach, meine Enkelin«, sagte Oma. »Wenn es nach dir ginge, säße ich schon längst im Pflegeheim. Roger oder Mr Banerjee könnten mich doch fahren.« Sie sah Cowgirl an. »Das sind Nachbarn. Hättest du etwas dagegen, wenn ich noch jemanden mitbringe?«

»Nein, überhaupt nicht, Mrs Matthews.«

»Bitte, nenn mich Lilly«, sagte Oma.

Damit war die Sache gelaufen. Aber was mich wirklich fertigmachte, abgesehen davon, dass ich mit Cowgirl zurück zur Schule gehen musste, war, dass Oma sie »großartig« genannt hatte. Ich konnte mich nicht erinnern, wann zuletzt jemand zu mir gesagt hatte, ich sei großartig – falls das überhaupt jemals passiert war.

Acht

Wir gingen zur Hintertür hinaus und dann auf die Gasse, die hinter den Gärten vorbeiführt. Als wir uns von Oma verabschiedeten, rief aus dem Nachbarhaus jemand: »Lilly! Lilly! Diesmal hab ich sie erwischt!«

»Roger?«, fragte Oma.

Omas Nachbar, Roger, kam aus seinem Garten in die Gasse und hatte Jamie und dessen Kumpel Ryan gepackt. Beide wehrten sich und versuchten, ihn zu schlagen. Ryan ist Sians Bruder, was mich ein bisschen nervös machte.

»Miese Bengel«, sagte Roger. »Sie haben es schon wieder versucht, Lil. Du weißt schon, wie bei Mave, einer klingelt vorn an der Tür. Na, den Braten hab ich aber gerochen, was? Hab diese beiden in meinem Wohnzimmer ertappt, wo sie alles durchwühlten. Tu mir den Gefallen und ruf die Polizei. Ich hab gerade keine Hand frei.«

»Ach, was ist diese Gegend heruntergekommen«, sagte Oma.

»Wir haben überhaupt nichts getan!«, brüllte Jamie.

»Da gab's gar nix zu klauen!«, sagte Ryan.

»Was ist denn da los, Lilly?«, rief eine Frau aus einem Fenster.

»Roger hat zwei Jungs in seinem Haus erwischt.«

»Ach, das ist schon das zweite Mal in dieser Woche«, sagte die Frau am Fenster. »Und die arme Mave aus Nummer 10 hat sich noch immer nicht richtig erholt.«

Ryan trat zu und traf Roger am Schienbein. Der schrie auf und ließ die beiden los. Sie wollten davonstürzen, rannten aber Cowgirl in die Arme. Die packte sie wie zwei Einkaufstüten und knallte ihre Köpfe aneinander. Peng. Beide jammerten.

»Das ist Sians Bruder«, sagte ich und nickte zu Ryan hinüber.

Er sah Cowgirl an. »Und sie bringt dich um, wenn ich es ihr sage.«

»Und da soll ich dich wohl besser loslassen, ja?«

Sie blieb total cool, aber ich machte mir Sorgen.

Mr Banerjee und Polly kamen zu uns in die Gasse.

»Sag ihr, sie soll uns loslassen, Gemma«, sagte Jamie zu mir.

»Mach schon. Lass sie los«, sagte ich.

Oma und Roger fuhren zu mir herum. »Was? NEIN!«

»Damit bist du einverstanden, Gemma?«, fragte Oma. »Diese Jungs – und Mädchen auch – machen uns das Leben hier zur Hölle. Als die Bryn-Mawr-Siedlung neu war, früher, da war es hier wunderbar. Meine Tür stand immer offen, für alle und jeden ...«

»Das stimmt«, sagte Roger.

»Eine Gemeinschaft«, fügte Mr Banerjee hinzu.

»Genau. Aber die Zeiten sind vorbei«, sagte Oma. »Wir haben doppelte Riegel vor den Türen und wir gehen nach Einbruch der Dunkelheit nicht mehr aus dem Haus. Es ist schrecklich, Gemma, und ich bin froh, dass mein Leben bald zu Ende geht, statt jetzt erst anzufangen.«

Alle sahen mich an, als ob ich in Rogers Haus eingebrochen wäre. Dann sah ich Darren durch die Gasse kommen.

»Das ist der Affe, der bei mir geklingelt hat«, sagte Roger und zeigte auf ihn.

»Darren!«, schrien Oma und ich im selben Moment. »Komm her!«

»Die haben mich gezwungen, Oma«, sagte er und zeigte auf Ryan und Jamie.

Ich packte ihn am Arm. »Warte du nur, bis ich das Mam erzähle!«

»Ach, ich seh schon, Gemma«, sagte Oma. »Jetzt hast du dir die Sache anders überlegt, wo dein eigener Bruder damit zu tun hat.«

Ich konnte nicht gewinnen.

»Er ist mein Nachbar, Darren«, sagte Oma. »Es hätte die Sache aber auch nicht besser gemacht, wenn er das nicht wäre. Was hast du denn gedacht, was sie hinten vorhatten, während du vorne klingelst?«

»Wir wollten ihm doch bloß einen Streich spielen.«

»Mein eigen Fleisch und Blut«, sagte Oma.

»Würden Sie den mal festhalten?«, fragte Cowgirl Roger und reichte Jamie an ihn weiter. Dann warf sie sich Ryan wie eine Jacke über die Schulter.

»NEIN! Lass mich runter!«, brüllte der.

Cowgirl drehte sich zu Roger um. »Ich glaube, mit dem da werd ich auch noch fertig.« Roger hob Jamie hoch und dann hatte sie über jeder Schulter einen zappelnden Jungen hängen.

»Danke für die Einladung, Lilly«, sagte sie.

»War mir ein Vergnügen«, sagte Oma.

»Sehen uns auf dem Hof«, sagte Cowgirl, als sie mit Ryan und Jamie auf dem Rücken davonging.

Oma schaute ihr mit breitem Grinsen hinterher. »Da hast du eine ganz besondere Freundin, Gemma«, sagte sie. »Von der kannst du viel mehr lernen als von diesem üblen Früchtchen Sian. Und du«, sagte sie zu Darren. »Ich rede mit deiner Mam, da kannst du dich drauf verlassen.«

Und dann gingen wir los und ich dachte, jetzt muss ich also mit Cowgirl zur Schule gehen, der zufällig zwei Jungs über der Schulter hängen, von denen einer der Bruder von Sian Jenkins ist – schöner kann es doch gar nicht kommen.

Neun

Wir gingen zurück durch den zugemüllten Mawr-Park und weiter zur Schule. Mit Cowgirl allein wäre es schon schlimm genug gewesen, aber wir bekamen ja noch zusätzlich Aufmerksamkeit. Sie hatte die Arme um die Beine der Jungen gewickelt, als ob sie zwei Futtersäcke in den Melkschuppen tragen müsste. Ryan schlug jetzt auf Cowgirl ein. Sie blieb stehen. »Siehst du die Brennnesseln da?«, fragte sie. »Wenn du mich noch einmal schlägst, gehe ich mitten durch sie durch, rückwärts.«

»Mir ist schlecht«, sagte Jamie.

»Das soll dir eine Lehre sein, damit du in Zukunft Leuten, die dir nichts getan haben, auch nichts tust.«

Ryan schlug wieder zu. »LASS UNS RUNTER!«

»Ihr habt es so gewollt.« Cowgirl ging zu den Nesseln, drehte sich um und stapfte rückwärts hinein. Ryan und Jamie schrien los wie auf der Achterbahn.

Die anderen aus der Schule rannten hinter uns her, als ob wir die totale Attraktion wären, und als wir beim Schultor ankamen, hatte sich da eine Menschenmenge versammelt. Dann stand Sian vor uns. Gott, was sah sie wütend aus. »Lass meinen Bruder runter.«

»Ja, ja. Gleich.«

Sian drehte sich zu mir um und meine Knie wurden weich. »Warum hast du sie nicht aufgehalten?«

»Sie war mit ihr zusammen, Sian«, sagte Ryan mit dem Kopf nach unten. »Sie war dabei.«

Ich zeigte auf Darren. »Ich hab immerhin *meinen* Bruder rausgehauen.«

»Sie und Cowgirl waren bei meiner Oma«, sagte Darren, der Verräter.

»Reizend«, sagte Sian und starrte mich wütend an und ich wusste, das war's – jetzt steckte ich ganz tief drin. Sie wandte sich wieder an Cowgirl. »Lass sie runter – sofort.«

»Nein.«

Sian packte ihren Bruder und fing an zu zerren. Karen, eine von Sians besten Freundinnen, hielt Jamie fest, aber Cowgirl ging einfach weiter wie ein Pferd vor einem Pflug. Ryan und Jamie schrien. Alle lachten und dann ließ Cowgirl los. Ryan, Jamie, Sian und Karen fielen übereinander zu Boden. Ich hätte auch gelacht, aber ich musste daran denken, was Sian wohl mit mir anstellen würde.

Zehn

»Ich wusste nicht, was die vorhatten, Mam. Echt.«

»Das war nicht richtig von dir, Darren«, sagte Mam, während sie weiter die Glotze anstarrte und rauchte.

»Mehr hast du nicht zu sagen?«, rief ich. »Er hat vorn geklingelt, damit seine Kumpels hinten einbrechen und zulangen könnten – Diebe eben!«

»Schrei nicht so, Gemma. Ich bin nicht nach Hause gekommen, um dein Geschrei zu hören, klar?«

»Ja, Jamma«, sagte Darren. »Mam sieht fern und ruht sich aus. Das siehst du doch«, fügte er hinzu, als er sich aufs Sofa sinken ließ, der miese Wurm. »Das war doch kein Einbruch, Mam. Großes Ehrenwort.«

»Sie wollten die Polizei rufen!«, sagte ich.

»Wer denn?«

»Oma und Roger.«

»Ach, diesen Roger hab ich noch nie leiden können – unhöflicher Kerl.«

Darren lehnte den Kopf an Mams Arm. »Cowgirl hat sie durch die Brennnesseln geschleift, Mam.«

»Wer ist das denn?«

»Kate Thomas«, sagte ich und überkreuzte die Arme. Ich stand mitten im Wohnzimmer, als ob ich die Mutter wäre und die beiden die Kinder.

»Die ist riesig«, sagte Darren.

»Was hatte die denn bei eurer Oma zu suchen?«

»Wollte sie bestimmt ausrauben«, sagte Darren.

»Oma hat sie eingeladen«, sagte ich, mir war jetzt alles egal. »Sie hat einen Bauernhof und melkt Kühe.«

»Hättest mal ihre Gesichter sehen sollen, nach der Runde durch die Nesseln, Mam – total verquollen.«

»Ach! Ich hab's doch gewusst, es war die vierzehn«, sagte Mam und starrte den Fernseher an. »Fünfundsiebzig Riesen wären das gewesen. Hätte auf mich hören sollen.«

»Das hätte sie wirklich, Mam«, sagte Darren.

Ich konnte seine Schleimerei nicht ertragen, deshalb ging ich nach oben in mein Zimmer.

Ich kramte einen Schmuckkasten hervor, den Oma mir vor Jahren geschenkt hatte. Ich habe zwar keinen richtigen Schmuck, aber ich konnte mir das getrocknete Gras und die Blätter darin ansehen.

Damals, bei diesem Picknick, waren Darren und ich auf Entdeckungstour gegangen – damals haben wir uns noch gut verstanden. Ich hatte wunderschöne neue Sandalen an, die Dad für mich gekauft hatte, und am Ende waren sie total verdreckt. Einige Tage später kam dann die Polizei, um ihn festzunehmen. Mam weinte. Ich weinte. Es war schrecklich. Dad sagte, er würde bald wieder zu Hause sein, aber das stimmte nicht. Er wurde wegen Eigentumsdelikten und Unterschlagung ins Gefängnis gesteckt, also, weniger vornehm ausgedrückt, weil er geklaut und betrogen hatte.

Am Tag nach seiner Verhaftung zog ich meine neuen Schuhe an und sah, dass noch immer trockene Grashalme an den Sohlen klebten. Ich weinte. Nicht, weil die Sandalen neu und jetzt so verdreckt waren, sondern weil alles so schön gewesen war, als Gras und Blätter kleben geblieben waren. Und dann, ein paar Tage später, war nichts mehr schön.

Ich wusste nicht, warum, aber ich zupfte den ganzen getrockneten Kram herunter und legte ihn in den Schmuckkasten. Blöd wahrscheinlich, einfach Dreck, könnte man sagen. Niemand außer mir wusste, was das war, und noch dazu stammte alles von einer Stelle, an die ich mich erinnerte, die ich aber nicht mehr wiederfand.

Ich fragte mich, ob Dad wohl je an das Picknick am Wasserfall dachte. Ihm konnte alles egal sein, wenn er da in seiner Zelle saß, aber mir nicht. Ich musste in die Schule gehen und Sian gegenübertreten, und an allem war Cowgirl schuld.

»Warum musste ich auch den Mund so weit aufreißen und Oma alles erzählen?«, fragte ich laut.

Ich klappte den Schmuckkasten zu und ließ mich auf mein Bett fallen.

Elf

Das Tolle am Radfahren ist, dass es gesund ist, aber nicht wie richtiger Sport aussieht. Wenn ich anfinge, durch die Bryn Mawr zu joggen, würden alle über mich lachen, aber dass ich viel Rad fahre, fällt gar nicht so auf. Und auf dem Rad konnte ich alles hinter mir lassen, den Nervkram mit Darren oder dass mir in der Schule Sian begegnen würde.

Es war ein kalter Tag, aber auch ein schöner, sonniger. Also fuhr ich hinauf zum Hof. Eigentlich konnte ich das in zwanzig Minuten schaffen, aber ich wollte die längere Strecke nehmen, von oben im Tal den Hang hinunter – diesmal die ganze Zeit mit weit offenen Augen. Ich genoss den Wind und die Geschwindigkeit. Fantastisch. Es war wie fliegen.

Als ich auf dem Hof ankam, war kein Mensch zu sehen. Vor dem Haus stand ein Lastwagen mit der Aufschrift *Nigel Thomas Landschaftsgärtnerei.*

»Suchst du Kate?«

Ich fuhr herum. Hinter mir stand ein Mann. Er war groß und kräftig und hatte schwarz-graue Locken – der Mann, der angehalten hatte, als ich auf der Straße lag. Cowgirls Dad. Das sah ich, weil er die gleichen schmalen, ernsten Augen hatte.

»Ja«, sagte ich.

»Sie ist da drin.« Er nickte zum Melkschuppen hinüber. »Jetzt weiß ich, wer du bist«, sagte er. »Du hast auf dem Boden gelegen. Dann warst du vorher bei uns, oder? Meine Frau hat gesagt, du bist mit dem Rad gestürzt.«

Ich nickte.

»Wirst uns nicht verklagen, oder?«

Ich wusste nicht, ob das ein Witz sein sollte.

»Hätte gar nicht gedacht, dass Kate überhaupt eine Freundin hat«, murmelte er, als er an mir vorbei und ins Haus ging.

Ich beschloss, dass ich ihn nicht leiden mochte.

Ich schob mein Rad zum Melkschuppen und lehnte es an die Wand. Drinnen sang jemand. Ich schaute hinein und drinnen spritzte Cowgirl mit einem Schlauch Wasser auf den Boden. Ich sah eine Weile zu. Sie schien glücklich zu sein, wie sie so den Boden schrubbte und dabei sang – irgendetwas auf Walisisch. Als sie mich entdeckte, sah sie nicht mehr glücklich aus, sondern genervt. »Schleich dich doch nicht so klammheimlich an Leute an.«

»'tschuldigung«, sagte ich.

»Is Lilly dabei?«

»Nein. Ich bin mit dem Rad gekommen.«

»Na, du musst jedenfalls warten.«

Leute willkommen zu heißen scheint in der Familie zu liegen, dachte ich. Ich stand da wie eine Kuh, die aufs Melken wartet, während Cowgirl weiter spritzte und das Wasser hinausfegte. Sie machte das wirklich gründlich, das muss ich sagen.

Endlich drehte sie den Wasserhahn zu. »Ich geh jetzt Jane holen.«

»Deine Mam?«

»Das ist eine Kuh.«

»Wer? Deine Mam?«

»NEIN! Jane. Jane ist eine Kuh, du blöde ...«

»Du hast meine Oma eingeladen«, fauchte ich. »Du hast nicht mich eingeladen, aber sie ist meine Oma und ... ich möchte, dass sie einen schönen Tag hat ...« Meine Stimme versagte. Cowgirl lehnte den Schrubber an die Wand.

»Ich hol Jane. Du wartest hier auf deine Oma.«

Sie ging los und ich setzte mich auf die Treppe vor dem Schuppen und wünschte, ich wäre einfach weiter durch das Tal gefahren. Schon bald hörte ich Rogers Auto, das sich mit der Steigung abmühte. Als er auf den Hof fuhr, klang es, als ob es jeden Augenblick explodieren könnte. Roger hielt neben dem

Schuppen und stieg aus. »Ich lass ihn besser laufen«, sagte er. »Hätte nie gedacht, dass er es von der Mawr bis nach hier oben schafft.«

Oma saß wartend im Wagen, deshalb öffnete ich für sie die Tür, wie eine Taxifahrerin.

»Seit wir losgefahren sind, jammert er schon«, murmelte sie. »Alles in Ordnung?«

»Ja.« Dann sah ich, dass Mr Banerjee hinten aus dem Wagen stieg. »Was macht der denn hier?«, flüsterte ich.

Oma runzelte die Stirn und trat dicht an mich heran. »Gemma, tu mir einen Gefallen. Ich habe mich so auf diesen Tag gefreut, also ruinier du ihn nicht. Er möchte die Kühe sehen, so wie ich. Und als Hindu hat er mehr Recht, hier zu sein, als wir.« Sie drehte sich zu ihm um. »Stimmt das nicht, Mr Banerjee? Die Kuh ist in Indien ein besonderes Tier?«

Er nickte und lächelte. »Ein ganz besonderes.«

Mr Thomas kam auf uns zu.

»Hier ist es heute ja wie im Hauptbahnhof von Cardiff«, sagte er. »Und Sie wollen alle Kate besuchen?«

»Ja«, sagte Oma. »Sie hat mich eingeladen. Ich bin Lilly, Gemmas Großmutter. Nett von ihr, dass sie mich eingeladen hat. Wissen Sie, im Krieg war ich ...«

»Wusste gar nicht, dass sie Sightseeing-Touren veranstaltet«, sagte er. »Vergessen Sie nicht, Ihre Schuhe zu sterilisieren, ehe

Sie mit den Kühen in Kontakt kommen. Nicht dass Sie hier noch Ihre Bryn-Mawr-Bakterien einschleppen.«

»Natürlich«, sagte Oma. »Wenn wir ungelegen kommen …«

Mr Thomas nickte etwas hinter uns zu. »Da ist sie.«

Wir drehten uns um und sahen Cowgirl, die eine Kuh auf uns zuführte. Ihr Dad ging zu ihr. Ich konnte nicht hören, was er sagte, aber Cowgirl wurde rot und widersprach.

»Mir egal«, hörte ich ihn sagen. Sie ging an ihm vorbei, als ob er gar nicht da wäre, und die Kuh folgte ihr.

»Wenn die jetzt Maul- und Klauenseuche kriegen, ist es deine Schuld«, rief ihr Dad.

Cowgirl achtete nicht auf ihn und führte die Kuh zu Oma. »Lilly, das hier ist Jane.«

»Hallo, meine Schöne«, sagte Oma und streichelte der Kuh den Kopf. »Ach, Kate, ich hoffe, du kriegst unseretwegen keinen Ärger?«

»Nein, Lilly. Wir sorgen einfach für die richtigen Schuhe und saubere Hände, das hätte ich sowieso gemacht. Jane hat die besten Manieren in der ganzen Herde. Die können Sie von Hand melken, so wie Sie es früher gemacht haben.«

Mr Thomas ließ seinen Lastwagen an und fuhr vom Hof. Cowgirl schaute hinter ihm her. »Eins nach dem anderen«, sagte sie. »Alle müssen Gummistiefel anziehen und sich die Hände waschen.«

Sie war wie ausgewechselt. Ihr Dad hatte gespottet und etwas von Sightseeing gesagt, aber es war wirklich wie eine Führung über den Bauernhof. Zuerst wurden wir mit Gummistiefeln versorgt. »Die müssten dir passen, Gemma«, sagte sie und zum ersten Mal hatte ich von ihr meinen Namen gehört. Dann mussten wir uns die Hände waschen und sie überwachte uns wie eine Lehrerin. Danach führte sie uns zurück zum Melkschuppen, wo die Kuh auf uns wartete.

»Bitte sehr, Lilly«, sagte Cowgirl und stellte einen Eimer und einen Schemel vor sie. Ich machte mir Sorgen um Oma, die immerzu über ihre Zeit auf dem Bauernhof redete und jetzt irgendwie auf die Probe gestellt wurde.

»Das ist viele Jahre her, Jane«, sagte sie. »Aber mal sehen, ob ich es noch kann.«

Die Kuh sah Oma an, als ob sie alles verstanden hätte.

Oma bückte sich und nahm so ein Dings in jede Hand – Zitzen heißen die, wie sie sagte – und fing an, sie zu drücken. Zuerst geschah gar nichts. Ich schaute zu Cowgirl hinüber, die sie beobachtete, aber dann hörte ich, wie etwas auf den Boden des Eimers traf. Es war erstaunlich, wie viel Milch bei jedem Drücken herauskam.

»Sie sind wirklich ein Naturtalent«, sagte Cowgirl, aber Oma machte einfach nur weiter, als duldete das hier keinen Aufschub. Die Kuh fraß ihr Futter und der Eimer war schon bald halb voll.

Ich muss schon sagen, ich war stolz auf Oma. Endlich hörte sie auf und ließ sich stöhnend zurücksinken. Sie grinste. »Ach, ich hatte vergessen, wie anstrengend das ist, sich so lange zu bücken.« Sie schaute zu mir hoch. »Willst du auch mal, Gemma?«

Damit hatte ich nicht gerechnet. »Nö«, sagte ich. »Keine Lust.«

»Ach, mach schon«, sagte Oma. »So eine Gelegenheit bekommst du nicht so oft!«

Meine Wangen glühten. Ich schüttelte den Kopf. »Nein danke.«

»Ich würde es gern versuchen, bitte«, sagte Mr Banerjee.

Und damit legte auch er los.

Zwölf

Wir brachten Jane zurück zu den anderen Kühen auf die Weide und standen noch eine Weile am Tor und sahen ihnen zu. Einige legten sich hin, andere kauten auf dem Gras herum.

»Opa hat mir erzählt, dass wir früher über zweihundert Kühe hatten, vor meiner Geburt, meine ich«, sagte Cowgirl. »Vor der Maul- und Klauenseuche hatten wir an die fünfzig, nicht zwölf.« Sie zeigte auf die Weiden. »Die haben alle uns gehört. Sind an Mostyns Hof verkauft worden.«

»Der alte Geizkragen Mostyn«, sagte Roger.

»Aber wenn die Weide Mostyn gehört«, sagte Oma, »wieso benutzt ihr sie dann noch?«

»Wir pachten sie, damit die Kühe grasen können.«

»Habt ihr keine Babykühe?«, fragte ich.

»Nein«, sagte Cowgirl. »Die sind jetzt weg.«

»Warum?«

»Schon mal überlegt, warum Kühe das ganze Jahr Milch geben?«, fragte Oma. So, wie alle mich ansahen, hatte ich das Gefühl, dass sie etwas wussten und ich nicht. »Die Kälber werden ihnen weggenommen und wir holen uns ihre Milch, weil sie eben weiter welche bilden.«

Das klang so grausam. »Aber die Kälber sind doch ihre ... Babys.«

»Aber du willst wie alle anderen Milch im Supermarkt kaufen können, ja?«

»In Indien teilen wir die Milch mit den Kühen«, sagte Mr Banerjee.

»Und Sie töten keine Kühe. Oder?«, fragte Oma.

Mr Banerjee schüttelte den Kopf. »Niemals.«

Wir sahen den Kühen noch eine ganze Weile zu, dann gingen wir zurück zum Wohnhaus. Cowgirls Mam kam heraus.

»Hallo, Gemma«, sagte sie. »Was macht dein Bein?«

»Alles in Ordnung, danke.«

Sie wurde Oma, Mr Banerjee und Roger vorgestellt – sie hieß übrigens Kerry – und lud uns alle zum Tee in die Küche ein. Cowgirl war jetzt nicht mehr fröhlich und zum Reden aufgelegt, sondern half ihrer Mam schweigend. Oma wiederholte immer wieder, was es doch für ein schöner Tag sei.

»Bauern haben es heutzutage sicher schwer«, sagte Mr Banerjee.

Kerry Thomas nickte. »Als wir geheiratet haben, war das ein großer Betrieb und wir haben gut verdient. Jetzt sind Bauern entweder Großunternehmer wie Don Mostyn oder müssen sich abplacken und wissen kaum, wie sie über die Runden kommen können. Die Tage dieser Herde sind auch gezählt.«

Cowgirl presste die Lippen aufeinander.

»Sie wollen sie verkaufen?«, fragte Oma.

»Nicht gerade Kates Lieblingsthema«, sagte Mrs Thomas. »Aber uns bleibt nicht viel anderes übrig. Sie sind nicht mehr die Jüngsten, und Mostyn will die Weide zurückhaben.«

»Sie können noch eine Menge geben«, sagte Cowgirl, wie zu sich selbst.

»Wie alt sind sie?«, fragte ich.

»Sechs bis sieben.«

»Sechs? Mehr nicht? Wie alt werden sie, wenn sie …«

»Zwanzig, dreißig Jahre«, antwortete Mr Banerjee.

Cowgirl nickte, dann fuhr draußen ein Lastwagen vor und ich sah, wie sie zu ihrer Mam hinüberschaute. Die Wagentür wurde zugeknallt und ihr Dad kam herein. Er schaute auf uns herunter.

»Weißt du, was, Kerry? Ich glaube, Kate hat hier einen guten Nebenverdienst entdeckt. Ein Nachmittag auf dem Bauernhof, Tee und Kuchen inklusive. Was meinst du?«

Mrs Thomas lachte. »Na, man weiß ja nie.«

»Ich würde dafür bezahlen«, sagte Oma lächelnd. »Sie sind sicher sehr stolz auf Kate.«

»Kommt nach ihrem Opa«, sagte Mr Thomas.

»Ja, an Gareth erinnere ich mich gut«, sagte Oma. »Er hat nie viel geredet, aber ich mochte ihn gern. Und in meinem ganzen Leben habe ich niemals jemanden härter arbeiten sehen als Ihren Vater.«

Oma hatte den richtigen Augenblick erwischt. Mr Thomas' grimmige Miene verflog. Er wirkte ein bisschen verlegen. »Das lag vielleicht daran, dass die ganze Welt Krieg führte«, sagte jetzt Oma. »Aber er stand früher als alle anderen auf und ging später schlafen, sieben Tage die Woche. Dann wurde er eingezogen und ich weiß noch, dass er nach seiner Rückkehr in den Zeitungen stand – war für seine Tapferkeit ausgezeichnet worden.«

»Stimmt«, sagte Mrs Thomas. Sie nahm ein Bild von der Wand. »Das ist er. Und das da ist Nigel als Baby.«

Oma nahm das Foto und lächelte. »Das war wann? Zwanzig, dreißig Jahre nachdem ich hier war. Aber Gareth hat sich nicht verändert. Ein Riese.«

Ich sah das verblasste Schwarz-Weiß-Foto an. Er sah wirklich aus wie ein Riese – er war enorm groß, hatte kräftige Schultern und die gleichen schmalen Augen wie Cowgirl.

»Es tut mir leid, dass Ihre Lage derzeit nicht gerade rosig ist«, sagte Oma.

Mr Thomas' Gesicht war jetzt wieder wütend und er starrte Cowgirl an. »Warum erzählst du das nicht gleich der Lokalzeitung?«

»Ich hab nur gesagt ...«

»Du hast nur zu viel gesagt!«

Sie war beschämt und sie tat mir leid. Oma legte das Bild auf den Tisch. »Ich wollte Sie nicht kränken, Mr Thomas.« Sie stand auf und scharrte dabei mit ihrem Stuhl. »Wir sollten aufbrechen.«

»Das allerdings«, sagte Roger und erhob sich ebenfalls.

Oma legte Cowgirl die Hand auf den Arm. »Du stammst aus einer stolzen Familie, Kate. Vergiss das nicht. Ich kann dir gar nicht genug danken und du bist bei mir immer zum Mittagessen willkommen, wenn deine Mam es erlaubt, natürlich.«

Kerry Thomas lächelte. »Na, Kate hat nur Gutes über Sie gesagt. Danke, Lilly, und dir auch vielen Dank, Gemma.«

Mr Banerjee half Oma in den Mantel. Sie sah Mr Thomas erst an, als sie alle Knöpfe geschlossen hatte, dann sagte sie: »Ich wünsche Ihnen und diesem Hof alles Gute, egal, wozu Sie sich entscheiden.«

Ich stand noch da, als die anderen hinausgingen. »Wir sehen uns in der Schule, Kate.« Sie schaute von dem Foto auf. Ich lächelte, und sie nickte.

Gerade als ich aus dem Haus kam, fuhr Rogers Wagen mit

einem Knall an. Oma winkte mir zu und ich schaute ihnen hinterher. Der Lärm des Autos verschwand, während ich mein Rad am Wohnhaus vorbeischob. Fast rechnete ich damit, einen Streit zu hören, aber es blieb still, als ob niemand zu Hause wäre. Ich fuhr los und dachte über Kate nach. Ich sah sie jetzt anders, obwohl sie meistens unhöflich zu mir war.

Mit Höchstgeschwindigkeit raste ich den Hügel hinunter, und als mir mit einem Mal Sian einfiel, schrie ich in den Fahrtwind.

Dreizehn

»Also?« Sian stand dicht vor mir. »Wieso stehst du einfach rum, wenn Cowgirl meinen Bruder misshandelt?«

Ich fragte mich, was sie eigentlich gegen Kate hatte. Ich wollte cool und gelassen sein und nicht merken, wie meine Knie zitterten. Tracy, Karen und Jo feixten mich über Sians Schulter hinweg an, froh, weil eine andere tief drinsteckte – das Gefühl kannte ich nur zu gut.

»Meine Oma hat sie eingeladen, klar?«

»Nein, das ist überhaupt nicht klar«, sagte sie. »Seid ihr jetzt dicke Freundinnen, du und Cowgirl, oder was?«

Mein Herz klopfte. Ich wusste, wenn ich »Ja«, sagte, würde Sian mich zum Ziel ihrer Gemeinheiten machen und dann würde ich im Bus allein am Fenster sitzen.

Mit miesem Gefühl sagte ich: »Nein.«

In der Mittagspause lief ich als Erste aus der Schule und war froh, dass ich mit dem Fahrrad gekommen war. Ich wollte nur weg hier. Auf dem Weg zu Oma stellte ich mir vor, dass ich die Tour de France gewann – als erste Frau aller Zeiten. Ich stellte mein Rad im Garten ab und klopfte an die Hintertür.

Oma machte auf. »Ach, du bist es, Gemma.«

Sie sah überrascht aus. Ich trat ein und sah, dass sie den Tisch für zwei gedeckt hatte. »Erwartest du Besuch?«

»Das allerdings«, sagte sie und ging zurück in die Küche.

Ich rechnete mit dem übellaunigen Roger, aber wenn Oma Gesellschaft hatte, gerade jetzt, wo Ruby nicht mehr da war, konnte ich mich doch freuen? Sie kam mit einem weiteren Teller aus der Küche zurück.

»Tut mir leid, Oma«, sagte ich. »Ich musste einfach weg aus der Schule.«

»Ist schon gut. Ich habe Kate eingeladen. Wollte sie etwas fragen.« Die Türklingel ging. »Das ist sie sicher.«

»Kate?«

»Ja. Machst du auf, bitte?«

Ich fragte mich, ob ich hier etwas nicht mitbekommen hatte.

»Alles klar?«, sagte Kate, als ich die Tür aufmachte.

»Hallo, Kate«, sagte Oma hinter mir. »Komm ins Warme und setz dich.«

Ich war zu Oma gefahren, weil ich unbedingt aus der Schule

wegwollte, und dann musste ich feststellen, dass sie sich hinter meinem Rücken mit Kate verabredet hatte.

»Ich geh wieder, Oma«, sagte ich.

»Ach, Unsinn. Jetzt setz dich schon.«

»Keinen Hunger. Muss noch nach Hause und wollte nur kurz reinschauen.«

Ich ging zur Hintertür.

»Gemma!«

»Muss los, Oma«, brüllte ich und schloss die Tür. Als ich hinter dem Haus im Garten stand, merkte ich, wie mir die Tränen in die Augen traten. Ich wollte mein Fahrrad holen und schnappte nach Luft.

Es war nicht mehr da.

Ich rannte hinaus in die Gasse. Ganz hinten sah ich einen Jungen auf meinem Rad wegfahren.

»Hey!«, schrie ich.

Ich rannte los, aber egal, wie viel man Rad fährt, schneller rennen kann man deshalb nicht. Ich hatte vielleicht die halbe Gasse hinter mich gebracht, als ich verschnaufen musste. Der Junge war längst verschwunden.

»Na, was ist denn los, Gemma?«

Das war Ryan mit ein paar anderen Jungs.

»Wer war das?«, fragte ich. »Wer hat es geklaut?«

Er feixte. »Was denn geklaut?«

Ich packte ihn. »Wer hat es geklaut?«

»Pfoten weg«, brüllte er. »Wenn ich das Sian sage, dann bist du tot.«

»Wer war das?«

Er versetzte mir einen Tritt, und ehe ich Luft holen konnte, machten die anderen Jungen mit. Ich war ihnen nicht gewachsen. Einer zerrte an meinem Pullover, ein anderer schlug auf meinen Arm ein, damit ich Ryan losließ, und die ganze Zeit schüttelte ich Ryan, bis vor meinen Augen alles verschwamm.

»He!«

Irgendwer riss mich von ihm weg.

Ich fuhr herum und erblickte einen Jungen – groß, mit olivbrauner Haut und pechschwarzen Haaren, er war einfach umwerfend. Ich hatte ihn noch nie gesehen.

»Mehrere Jungs gegen ein Mädchen?«, sagte er.

»Kann dir doch egal sein«, erwiderte Ryan.

»Wissen eure Mütter, dass ihr so was tut?«

»Hau ab.«

Der umwerfende Junge zog etwas aus seinem Rucksack. Ich sah einen silbernen Lichtblitz, wie von einem Schwert. Die Jungen sprangen zurück. Er lachte. »Angst vor Musik?«, fragte er und hob die Flöte hoch.

»Was bist'n du für'n Schwachkopf«, sagte Ryan.

Der umwerfende Junge fing an zu spielen und ging auf die anderen zu. Die wichen zurück, als ob seine Musik magische Kräfte hätte. Sie brüllten fiese Beschimpfungen, aber er spielte einfach weiter. Dann hauten sie ab, und als sie endlich weg waren, drehte er sich zu mir um. Ich sah sicher unmöglich aus – die Haare hingen mir ins Gesicht und mein Pullover war total aus der Form gegangen.

»Was war denn eigentlich los?«, fragte er.

»Irgendwer hat mein Rad gestohlen und die haben gesehen, wer das war.«

Ich hätte heulen können, aber das war das Letzte, was ich vor seinen Augen tun wollte. Er schien so besorgt um mich zu sein.

»Deine Oma wohnt neben meinem Opa, oder? Mr Banerjee.«

Ich nickte.

»Wir sollten die Polizei rufen.«

Es war nett, dass er »wir« sagte, aber ich schüttelte den Kopf. »Das hat keinen Zweck. Es ist ja weg.«

Kaum hatte ich das gesagt, brachen alle Dämme und ich heulte los.

Ich machte auf dem Absatz kehrt und stürzte davon.

»He!«

Mein schönes Rad war weg und ich hatte vor den Augen eines umwerfenden Jungen losgeheult.

Vierzehn

Ich hatte in meinem Leben noch nicht geschwänzt, aber die Schule hätte ich jetzt nicht ertragen können. Also ging ich nach Hause und in die Badewanne. Und da lag ich dann und tat mir schrecklich leid. Ich dachte an Mr Banerjees Enkel. Er war sicher der Flötenspieler, den ich bei Oma durch die Wand gehört hatte. Ich hätte gern gewusst, wie er hieß. Er hatte wunderschöne Augen und tolle Zähne und Haare. Ich schämte mich, weil ich zu seinem Opa eigentlich nie freundlich war. Von jetzt an würde ich mir Mühe geben, beschloss ich. Dann fiel mir mein Fahrrad ein und ich ließ mich unter Wasser sinken, und statt Seufzern kamen nur noch Blasen aus meinem Mund.

Nach dem Bad machte ich mir vier Scheiben Toast mit Marmelade, legte mich aufs Sofa und sah fern. Das war schön, obwohl ich ein bisschen nervös war, weil ich ja eigentlich in der Schule sein sollte.

Ich schlief ein und wachte erst davon wieder auf, dass ein Schlüssel im Schloss gedreht wurde. Mam kam herein.

»Was machst du denn hier?«

»Mir war so schlecht, Mam. Bin heute Morgen zur Schule gegangen. Dann war mir nicht gut, und deshalb bin ich in der Mittagspause zu Oma gefahren. Da hat jemand mein Rad geklaut.«

»Hattest du es abgeschlossen?«

»Nein, Mam. Es stand doch in Omas Garten.«

»Na, was erwartest du denn eigentlich in der Mawr-Siedlung? Hättest auch gleich einen Zettel ›Rad zu verschenken‹ daraufkleben können. Und nach einem neuen brauchst du gar nicht erst zu fragen, daraus wird nichts, außer wir gewinnen im Lotto.«

Es war blöd von mir, mein Rad nicht abzuschließen, und es war auch blöd, von Mam irgendwelches Mitgefühl zu erwarten. Dann kam Darren rein und verkündete: »Sian hat es auf dich abgesehen – sie sagt, du hättest ihren Bruder zusammengeschlagen. Du bist so gut wie tot.«

»Was war da los?«, fragte Mam.

»Ich hab niemanden zusammengeschlagen. Sie sind über mich hergefallen – zu viert. Sie haben gesehen, wer mein Rad geklaut hat, Mam. Das haben die gesehen!«

»Und dann erwartest du, dass sie es dir erzählen, ja, einfach so? Das hier ist die Bryn Mawr. Du wirst da nichts ändern.«

»Ich kann also gar nichts machen?«

»Hör mal, ich weiß, wie wichtig dir das Rad war, Gemma, aber du musst damit leben, dass es jetzt weg ist.«

»Nein, Mam. Ich geh zur Polizei.«

»Ach, grandios. Die Tochter von Robbie Matthews kreuzt auf dem Revier auf und will ihr Fahrrad zurück. Weißt du, was die Polizei sagen wird? Die werden sagen, so rächt sich eben alles. Tut mir leid, Gemma. Aber du kannst auch gleich anfangen, für ein neues zu sparen.«

Ich war wild entschlossen, mir das Weinen zu verkneifen.

»Ja«, sagte Darren. »Und ich sag im Krankenhaus Bescheid, damit sie vorbereitet sind, wenn Sian mit dir fertig ist.«

Mam fuhr herum, ehe ich etwas sagen konnte. »Du kannst die Klappe halten. Ich will meine Ruhe, wenn ich nach Hause komme. Ist das klar?«

Darren wurde ganz zahm. »Ja, Mam.« Dann grinste er mich an, aber mir war das egal. Ich hatte ärgere Sorgen, zum Beispiel, wer mein Rad geklaut hatte und wie ich den Showdown mit Sian überleben sollte.

Fünfzehn

Ich stand im Gedränge mitten im Bus und war starr vor Angst. Als wir bei Sians Haltestelle ankamen, wartete sie schon mit Tracy und den anderen. Sofort schoss jede Menge Adrenalin durch meine Adern. Sian hielt Ausschau nach mir, sowie sie eingestiegen war. Ihre Augen sind irgendwie hart und grausam, als ob sie auf der Jagd wäre – und gleich zum Todesstoß ansetzen wird.

»Wir müssen reden«, rief sie, als sie mich entdeckte. Im Bus standen zu viele Leute, deshalb kam sie nicht zu mir durch, und ich schaute aus dem Fenster. Der Bus fuhr weiter. Ich stellte mir vor, wie ich bei den Olympischen Spielen ein Radrennen fuhr und das Feld anführte. Mein Kopf war tief über den Lenker gebeugt und meine Beine bewegten sich gleichmäßig wie Kolben auf und ab. Dann merkte ich, dass der Bus angehalten hatte und alle ausstiegen, und das Adrenalin sprudelte wieder los.

Sian kam direkt auf mich zu. Sie sah aus wie ein Hund, der die Zähne bleckt.

»Warum hast du Ryan geschlagen?«

»Ich hab ihn nicht ...«

Alles schnappte nach Luft, als sie mir eine Ohrfeige gab. Das übliche Geplapper verstummte. Meine Wange brannte und ich spürte, wie mir eine Träne die Wange runterlief. Die anderen standen um uns herum, als ob ihnen befohlen worden wäre, sich in einem ordentlichen Kreis aufzustellen.

»Ich hab ihn nicht geschlagen.« Meine Stimme zitterte.

»Er stand nur da in der Gasse und hat überhaupt nichts gemacht«, sagte sie. »Und dann fällst du einfach über ihn her.«

Ich machte mich bereit für einen weiteren Schlag, als Kate sich in den Kreis drängte.

»Hallo.«

»Du hältst dich hier raus«, sagte Sian und stach mit dem Finger nach ihr. »Ist das deine Leibwächterin?«, fragte sie mich.

Ich hatte nicht mehr solche Angst, weil Kate da war. »Ich hab deinen Bruder nicht geschlagen«, sagte ich noch einmal. »Mein Rad ist geklaut worden, und er hat gesehen, wer es war.«

»Er hat gesagt, dass er nichts gesehen hat, und du wolltest, dass er andere verrät.«

»Wenn er nichts gesehen hat, kann er auch keinen verraten, oder?«

Das reichte. Ich konnte ihren Augen einfach ansehen, dass ich nicht mehr dazugehörte. Ein Teil von mir war erleichtert. Sie machte kehrt und ging. Karen, Tracy und Jo feixten mich an, dann liefen sie hinterher. Der Kreis löste sich auf und alle waren enttäuscht.

Kate und ich gingen ins Schulhaus.

»Hab gehört, dass dein Rad geklaut worden ist«, sagte sie. »Bist du deshalb am Nachmittag nicht wiedergekommen?«

Ich nickte.

»Deine Oma hatte Angst, du wärst sauer auf sie.«

»Nö«, log ich.

»Ich soll dir sagen, du sollst heute zum Mittagessen kommen.«

»Kommst du auch?«

»Wenn es dir nichts ausmacht?«

Ich schüttelte den Kopf.

Ich sah Sian nicht, als wir in der Mittagspause losgingen und den Weg zu den Reihenhäusern einschlugen.

»Gibt's was Neues?«, fragte Oma, sowie sie die Tür öffnete.

»Worüber denn?«

»Über dein Fahrrad, natürlich. Warum hast du es bloß nicht abgeschlossen, Gemma?«

»Oma, fang du nicht auch noch an. Es ist geklaut worden, klar?

Meine Schuld. Ich mach auch niemandem Vorwürfe, nur mir selbst, weil ich so blöd war!« Ich fing an zu weinen. »Ich hab das Rad so geliebt ...«

»Komm her.« Oma nahm mich in den Arm, und nun heulte ich erst richtig los.

Oben in Omas Badezimmer wusch ich mir das Gesicht. Meine Augen waren geschwollen und meine Wange noch immer rot von Sians Schlag. Ich lauschte an der Wand, konnte aber von nebenan nichts hören, also war der »umwerfende Banerjee« sicher in der Schule – bestimmt so einer vornehmen für Jungen und Mädchen, die Flöte oder Klavier spielen.

Als ich aus dem Badezimmer kam, hörte ich Kate und Oma reden. Ich ging nach unten und war ein bisschen verlegen. Neben meinem Teller entdeckte ich einen Zwanzig-Pfund-Schein.

»Was ist das?«

»Für dein neues Rad«, sagte Oma. Sie hob die Hand. »Kein Wort, Gemma. Du hast das Rad geliebt – und es hat dir geholfen, in Form zu kommen. Du bist zwar zu dünn, aber das ist mir lieber als eine Enkelin, die die Straße hinuntergerollt werden kann. Steck den Schein ein, und ehe du piep sagen kannst, findet sich ein Rat.« Sie kicherte. »Oder ein Rad! Das war doch mal ein Witz.«

»Danke, Oma.«

Als wir mit dem Essen anfingen, wollte ich mich so unbefangen wie nur möglich nach Mr Banerjees Enkel erkundigen.

»Ich hab wieder nebenan die Flöte gehört.« Eine totale Lüge, aber mir fiel nichts Besseres ein.

»Ach, das ist Mr Banerjees Enkel«, sagte Oma. »Reizender junger Mann. Nimmt Flötenunterricht, an dieser Akademie in Cardiff. Er war sehr besorgt um dich und dein Rad, Gemma.«

Ich nickte. »Wie ist ...?« Cool bleiben, dachte ich. »Wie heißt er denn?«

»Karuna.«

»Karuna«, wiederholte ich.

Oma und Kate starrten mich an, als ob ihnen ganz klar war, wie toll ich ihn fand. Ich wusste sofort, dass meine Wangen glühten.

»Wirklich lecker, Oma«, sagte ich, um das Thema zu wechseln. Sie machte ein überraschtes Gesicht.

Kate und sie redeten dann los und ich war nur froh, dass ich zuhören konnte.

»Mostyn setzt Dad unter Druck, weil der ihm Geld schuldet, und er will seine Weide zurückhaben, die, auf der die Kühe stehen. Mostyn hat jede Menge Kühe – da braucht er unsere nicht.«

»Ach, das ist so eine Schande«, sagte Oma. »Ich weiß noch, wie dein Opa, Gareth, die Kühe zum Weiden hier in den Park getrieben hat. Da hatten sie natürlich die Mawr noch nicht gebaut.«

»Er hatte Allmendrechte, Lilly«, sagte Kate.

»Was ist das?«, fragte ich.

»Opa durfte die Kühe gratis im Mawr-Park weiden lassen.«

»Und die Kühe haben sozusagen das Gras gemäht«, sagte Oma. »Tierische Rasenmäher. Es war so schön, sie da zu sehen. Damals war alles so einfach. Ich weiß, das klingt wie blödes Gerede von alten Leuten, aber so war es eben. Ich kann einfach nicht begreifen, warum es die ganze Zeit Ärger gibt – Gewalt und Krach und Brutalität. Bei Polly Williams ist vor kurzem ein Fenster eingeworfen worden. Einfach so, aus purer Gemeinheit. Ich weiß wirklich nicht, wie es immer zu so was kommt.«

Darüber hatte ich noch nie richtig nachgedacht, aber im Fernsehen wird ja wirklich nur über Messerstechereien und Schlägereien und Morde berichtet – wie Oma gesagt hatte, nur Scheußlichkeiten.

Danach gingen Kate und ich zurück zur Schule. Wir redeten nicht viel, aber ich fühlte mich jetzt nicht mehr so unbehaglich.

»Wie hat er ausgesehen – der Junge, der dein Rad geklaut hat?«

»Er war zu weit weg. Aber selbst, wenn ich es wüsste, würde er uns ja nicht verraten, was er damit gemacht hat.«

»Es ist rot, oder?«

Ich nickte. »Es ist ein Tourenrennrad. Ich hätte gern ein richtiges Rennrad, aber damit könnte ich hier nicht gut fahren, die Straßen sind zu schlecht.«

»Wie heißt es – die Marke, meine ich.«

»Vortex. Warum?«

Kate zuckte mit den Schultern. »Ich halte die Augen offen.«

»Danke.« Ich seufzte. Das war das erste freundliche Wort, das seit einer Ewigkeit außer Oma jemand zu mir gesagt hatte. Als wir uns dem Ende der Gasse näherten, sah ich eine Gruppe von Jungen, die vor einer Hintertür herumlungerten. »Jetzt geht's los«, murmelte ich.

»Spinner!«, brüllte einer in einen Garten.

»Stinker!«, sagte ein anderer Junge.

»Haut ab«, hörte ich jemanden zurückrufen. Es war das Haus, in dem der »verrückte Morris« wohnte.

Kate ging direkt auf die Jungs zu.

»Ja, was ...?«, fragte ein Junge. Dann riss er die Augen auf. »Cowgirl?!«

Kate nickte. »Richtig. Soll ich dich zur Schule tragen?«

Die Jungen wichen zurück. »Missgeburt!«, riefen sie.

Kate achtete nicht auf sie, sondern ging durch den Garten und klopfte an die Tür.

»Was machst du denn da?«, fragte ich sie, während ich ihr zögerlich folgte.

»Haut ab!«, rief Morris.

»Alles in Ordnung?«, fragte Kate durch die Tür.

Plötzlich wurde die aufgerissen und da stand Morris in seinen verdreckten Klamotten und sah aus wie ein Penner. »Haut ab!«

»Wollten nur sehen, ob bei Ihnen alles in Ordnung ist«, sagte Kate.

Morris knallte die Tür zu.

»Dieser Morris«, flüsterte ich. »Der ist doch reif fürs Irrenhaus.«

Kate ging zurück auf die Gasse. Die Tür wurde abermals geöffnet und Morris starrte nun mich an, er trug seine grüne Strickjacke, sie war ausgeleiert wie ein altes Kleid. Ich roch seinen Gestank, dann knallte er wieder mit der Tür.

»Meine Güte, der stinkt ja vielleicht«, sagte ich, als ich Kate einholte.

»Dann muss er ja verrückt sein«, sagte sie.

Mir war schon klar, dass sie sarkastisch war. Ich hatte ein schlechtes Gewissen, vor allem nach dem, was Oma über die Zustände in der Siedlung gesagt hatte. »Aber er tut sicher niemandem was.«

Im Weitergehen sah ich den ganzen Müll auf dem Boden. Mir war das noch nie aufgefallen – zerbrochene Möbel, die auf dem Bürgersteig abgestellt worden waren, zerschlagene Fernseher und überall Graffiti. Es war scheußlich.

In der Schule ließ ich den ganzen Nachmittag den Kopf hängen. Linste nicht mal zu Sian hinüber, doch vor der letzten Stunde, als wir auf den Gang mussten, kam sie zu mir.

»Hab mit Ryan über dein Rad geredet. Er sagt, er hat nicht gesehen, wer es geklaut hat, und ich glaube ihm. Aber wenn du wissen willst, was er noch gesagt hat – dein Bruder Darren war dabei. Und als du rausgekommen bist und nach deinem Rad gebrüllt hast, da ist dein Bruder die Gasse runter verschwunden, meint Ryan. Komisch, was? Vielleicht solltest du dich mal zu Hause umschauen, ehe du auf andere zeigst.« Sie grinste ihr aasigstes Grinsen. »Wir sind noch nicht fertig miteinander, Cowgirl Zwo, noch lange nicht.«

An diesem Abend ging ich in Darrens Zimmer. Der Fünfer, den ich hochhielt, erregte seine Aufmerksamkeit und sorgte dafür, dass er mich nicht gleich anmeckerte. Er hielt sein Videospiel an – das Übliche. Schießen, Bombenwerfen und Töten.

»Was ist das?«, fragte er wie hypnotisiert.

»Ein Fünfer, ist doch klar.«

»Und wozu ist der?«

»Der ist für dich.« Er wollte ihn sich schnappen. »Ganz ruhig, Darren. Ich will Auskünfte.«

»Ich weiß nicht, wer dein Rad geklaut hat, klar?«

»Na, du könntest dich doch mal erkundigen.«

»Das kostet dich mehr als 'nen Fünfer.«

»Sian hat es mir gesagt.«

»Hat dir was gesagt?«

»Du warst dabei.«

»War ich nicht!«

»Ach ja? Und dein Kumpel Ryan verpfeift dich aus Jux, oder was?«

»Ich hab nichts gesehen.«

»Also, erst warst du nicht dabei und jetzt hast du nichts gesehen? Was denn nun, Darren? Hast du irgendwem den Tipp gegeben und was von dem Geld abgekriegt, das es für das Rad gab?«

»Ich hab nichts getan. Ich sag's Mam!«

Er lief zur Tür. Ich packte ihn und hielt ihm den Mund zu. »Du kannst Mam erzählen, was du willst, aber ich weiß, dass du dabei warst, und das werd ich nicht vergessen, Darren. Das Rad deiner Schwester. Gemein. Gemein.«

Dann ließ ich ihn sitzen.

Sechzehn

Am Samstagmorgen goss es wie aus Kannen, aber ich musste für Mam zum Supermarkt. »Hier ist die Liste«, sagte sie. »Und Oma hat angerufen – ich hab gesagt, du besorgst auch für sie ein paar Dinge.«

Ich nickte. Mam sah mich an, dann brüllte sie nach oben: »Darren! Geh mit deiner Schwester einkaufen!«

»Ach nöö, Mam!«, rief er aus seinem Zimmer.

»Ist schon gut«, sagte ich. »Hat doch keinen Sinn, wenn wir beide nass werden.«

Ehrlich gesagt wollte ich hier raus. Ich musste die ganze Zeit an mein Rad denken, und ohne kam ich nicht weg, nicht richtig jedenfalls. Also ging ich zu Fuß durch den Regen. Rad fahren im Regen ist auch nicht so toll, aber immerhin kommt man schneller an. Im Supermarkt war ganz schön viel Betrieb, aber ich hatte alles so satt, dass ich mich nicht auch noch hetzen wollte. Ich roch Morris, ehe ich ihn sah. Er hielt sich eine Konservendose vor die Augen. Mühe geben!, dachte ich.

»Hallo, Morris.«

»Hau ab!«, fauchte er.

»'tschuldigung.« Immerhin hatte ich es versucht.

Im Weitergehen hörte ich: »In Stücken oder geschält?«

Er hielt mir eine Dose Tomaten hin. Ich ging zurück und las das Etikett. »In Stücken«, sagte ich.

»Ich brauch geschälte Tomaten, keine in Stücken!«, brüllte er. Die anderen schauten zu uns herüber. Ich merkte, wie mir vor Verlegenheit heiß wurde, deshalb suchte ich die richtige Dose. »Geschälte Eiertomaten«, sagte ich und reichte sie ihm. Er nahm die Dose und legte sie in seinen Korb. »Wollte mir gerade Frühstück machen. Hab die Dosen in den Kochtopf geleert – die waren in Stücken. Hat das Frühstück ruiniert.«

»Blöd«, sagte ich.

»Jetzt brauch ich noch 'ne Dose Corned Beef. Also, in der Dose.«

Was hätte ich tun sollen? Ich lief durch den Gang. Morris und sein Gestank waren gleich hinter mir. »Hier«, sagte ich. »Corned Beef in der Dose. Zwei verschiedene Sorten.«

»Die Sorte hier vom Supermarkt.«

Ich reichte ihm die Dose.

»Kartoffel- und Porreesuppe – Dose.«

Und so wurde ich für diesen Vormittag zu Morris' Assistentin.

Als wir durch den Laden gingen, sahen mich die Angestellten mitfühlend an. Einmal ging ein Typ an uns vorbei und sagte: »Morris, tu's für dich – nimm mal ein Bad, Mann.«

Das war so unhöflich. »Riechst selber auch nicht wie ein Rosenstrauß«, sagte ich.

Als wir fertig waren, fragte ich: »Noch was?«

»Nein«, sagte Morris. »Geh weg.«

Das Seltsame war, statt sauer zu sein, musste ich lachen und er lächelte mich tatsächlich an.

Zum Glück hatte der Regen aufgehört, als ich mit Omas Sachen in die Gasse bog. Nach einer Tasse Tee würde ich dann gleich noch unsere Einkäufe erledigen. Mein Herz machte einen Sprung, als ich Karuna aus Mr Banerjees Gartentür kommen sah. Cool bleiben, sagte ich zu mir. Ich strich meine überall im Gesicht klebenden nassen Haare zurück.

»Hallo«, sagte er mit hinreißendem Lächeln.

Ich lächelte und nickte – und brachte kein Wort heraus. Toller Anfang, dachte ich.

»Ich hoffe, du hast dich von der üblen Sache mit deinem Rad erholt?«

»Ach, geht schon«, brachte ich heraus.

»Mal bei deiner Großmutter vorbeischauen?«

Ich nickte, steif wie eine Schaufensterpuppe. »Ja, ich muss ihr beim Einkaufen helfen und so«, sagte ich und hörte mich an wie die heilige Gemma von der Mawr. Horror.

»Na, schönen Tag noch. Richte Lilly Grüße von mir aus.«

Echt vornehm, dachte ich. »Schönen Tag noch« und »richte Grüße aus«. In der Mawr redet niemand so, jedenfalls niemand in meinem Alter. »Ebenfalls«, sagte ich. Er ging weiter. »Du spielst schön ... also, auf der Flöte.«

Er drehte sich um. »Danke. Sagt mir Bescheid, wenn es mal stören sollte.«

»Nein. Oma gefällt es auch.« Ich gab mir alle Mühe, locker zu klingen. »Ich ... ich wollte auch immer schon ... Flöte spielen.« Was für eine blödsinnige Lüge!

Er kam wieder auf mich zu. »Wirklich? Es ist ein wunderschönes Instrument.«

»Ja«, sagte ich, als ob ich darüber schon einmal nachgedacht hätte.

»Ich bekomme es niemals über. Der Klang erinnert mich an Sonnenschein und Vögel ...«

Ich nickte. »Oder an einen Wasserfall.«

Er lächelte. »Ja.« Seine Augen funkelten wie Edelsteine. »Gibt es Musikunterricht an deiner Schule?«

»Nein«, sagte ich, ohne das genau zu wissen.

»Na, ich werd mal sehen, was ich tun kann.«

Mein Handy klingelte. »Bis dann«, sagte er.

»Ja. Schönen Tag noch. Richte Mr Banerjee Grüße von mir aus.«

Ich sah mit blödem Grinsen hinter ihm her, dann zog ich mein Telefon hervor. »Hallo?«

»Gemma?«

»Wer ist da?«

»Kate ... Hab die Nummer von deiner Oma. Wo bist du?«

»Auf der Gasse hinter ihrem Haus.«

»Ich glaub, ich hab dein Rad gefunden.«

Ich platzte bei Oma ins Haus. »Hier sind deine Sachen.«

Sie grinste mich an. »Ich hoffe, es ist dein Rad, Gemma.«

»Ich auch!«

Ich rannte zu dem Postamt, wo Kate auf mich warten wollte. Ich sah, dass sie ein Rad festhielt. Ein Mann, der ganz schön sauer wirkte, hielt es auch fest, und Kates Mam, Kerry, stand neben beiden. Ich rannte zu ihnen, total außer Atem. Es war wirklich mein Rad. Ich erkannte die Kratzer am Lenker und es hatte ein rotes Schutzblech, das ich extra gekauft und montiert hatte. Ich war ganz sicher. Als ich das dem Mann erklärte, meinte der: »Na, das kann ja jeder sagen.«

»Wo haben Sie das gekauft?«, fragte Kate.

»Von einem Kumpel, klar?«

»Dann rufen wir doch mal die Polizei«, sagte Kerry Thomas. »Und sehen, was die dazu sagt.«

»Moment mal«, sagte der Mann. »Ich hab Geld für das Rad bezahlt, ganz wie sich das gehört.«

»Aber es ist gestohlen«, sagte Kate.

»Ich finde, wir sollten die Polizei informieren«, sagte Mrs Thomas ruhig zu dem Mann.

Er sah sich nervös um.

Ich zog die zwanzig Pfund hervor, die Mam mir zum Einkaufen gegeben hatte. »Die sind für Sie«, sagte ich, ich wollte unbedingt mein Rad zurückhaben.

»Nein, Gemma. Das war gestohlen«, sagte Kate. »Er gibt es dir zurück, weil es dir gehört.« Sie sah den Typen an. »Oder?«

Er riss mir die zwanzig Pfund aus der Hand. »Finderlohn.« Er ließ das Rad los und ging davon.

»He!«, rief Kate hinter ihm her.

»Ist doch egal«, sagte ich. »Ich hab mein Rad wieder.«

Sie sah mich an – ihre Augen loderten noch immer vor Zorn.

Ich lächelte. »Das war fantastisch, Kate. Du bist umwerfend.«

»MAM!«, schrie ich. »Hab mein Rad wieder!«

Sie stürzte aus der Küche. »Wo war es?«

»Kate hat es in der Stadt entdeckt. Hat einen Typen damit angehalten. Hat ihn festgehalten und mich angerufen. Sie ist einfach fantastisch.«

»Sehr gut.«

»Ich hab dem Mann das Geld gegeben, aber das ist egal ...«

»Du hast was?«

»Ich hab es, Mam. Ich hatte ja die zwanzig von dir und die hab ich ihm gegeben, weil, na ja, ist billiger als ein neues Rad, stimmt's? Ich geh jetzt fertig einkaufen.«

Mam schimpfte los, als ich die Treppe hochlief, um das Geld zu holen, das Oma mir gegeben hatte, aber ich war so glücklich, dass mir alles egal war. Ich lief direkt zurück zum Supermarkt – mit dem Rad wollte ich lieber nicht fahren. Die Sonne kam hervor, als ob sie sich für mich freute. Kitschig, ich weiß, aber es war so ein schönes Gefühl. Ich beschloss, gleich danach zum Hof zu fahren und mich richtig bei Kate zu bedanken.

Kate Thomas – Cowgirl und Fahrraddiebfängerin von Wales.

Siebzehn

Ich war wieder frei. Die Sonne schien noch immer und die nasse Straße glitzerte, wie Silber. Ich flog dahin. Oben auf dem Hügel hob ich die Arme. »JAAA!«, brüllte ich, als ich unter mir die Bryn Mawr sah. Bergab schrie ich glücklich, während mich der Wind peitschte.

Kates Mam kam aus dem Haus, als ich auf den Hofplatz fuhr. »Oh, hallo, Gemma – Kate ist irgendwo hingegangen. Hat nicht gesagt, wohin.«

»Ich wollte mich bei ihr bedanken und bei Ihnen, weil ihr mein Rad gefunden habt.«

»So ein Glück, was?«, meinte sie. »Kate ist einfach zu diesem Mann gegangen und hat gesagt, das Rad da gehört meiner Freundin. Eiskalt.«

Ich lächelte – Kate hatte mich als Freundin bezeichnet.

»Komm doch auf einen Tee rein«, sagte Mrs Thomas. »Wo du

den ganzen Weg gefahren bist. Keine Sorge, hier oben stiehlt niemand dein Rad.«

In der Küche roch es wunderbar. Ich setzte mich an den Tisch, während Kates Mam Tee kochte. »Was zu essen?«

»Ja, gern, Mrs Thomas.« Mein Magen stimmte mit einem Knurren zu.

»Ach, nenn mich Kerry.«

Sie brachte eine Platte Rosinenkuchen. Unglaublich gut war der – selbst gebacken. »Wunderbar«, sagte ich.

»Du bist die Erste, weißt du.«

Ich hörte auf zu kauen. »Die erste was?«

»Ich hab noch nie eine von Kates Freundinnen kennengelernt. Ich freu mich«, sagte sie. »Sie liebt die Kühe, aber sie ist viel zu oft allein. Manchmal, wenn ich sie mir so ansehe, kommt sie mir schon fast erwachsen vor.«

Sie starrte mich an. Ich dachte, sie staunte vielleicht, weil ich so viel Kuchen im Mund hatte. »Spricht sie mit dir?«, fragte sie.

Ich nickte, obwohl das nicht stimmte, eigentlich nicht.

»Ich weiß ja, Kate will nicht, dass wir die Kühe verkaufen, und ich wünschte nur, sie könnte verstehen …«

Ich stopfte mir noch mehr Kuchen in den Mund, damit ich nichts sagen müsste.

»Die Kühe bringen nicht das ein, was sie kosten«, sagte Kerry.

»Das ist so, als ob Kate zwölf Haustiere hätte. Von dem Geld für den Verkauf könnten wir Mostyn bezahlen – wir könnten neu anfangen ...«

Sie schien eher mit sich selbst zu reden als mit mir. Ich schaute zu dem Foto von Kates Opa hinüber. Das bemerkte Kerry offenbar.

»Sie hat ihren Opa geliebt und es war sehr schwer für sie, als er gestorben ist. Und nur zwei Monate später brach dann die Maul- und Klauenseuche aus. Unsere Kühe waren nicht krank, aber sicherheitshalber musste die ganze Herde gekeult werden. Kate war verzweifelt. Sie hat so viel geweint. Am Ende haben wir sie zu Verwandten geschickt, während das alles passierte. Als sie zurückkam, hat sie einen Monat lang nicht gesprochen ... und damit meine ich, wirklich kein Wort gesagt.« Sie schaute aus dem Fenster. »Weiß nicht, warum ich dir das alles erzähle. Wahrscheinlich, weil ich noch nie eine von Kates Freundinnen kennengelernt habe, und sie redet selbst nicht viel. Sie ist vorhin abgehauen – nach einem wilden Streit mit ihrem Vater.« Sie lächelte mich an. »Verstehst du dich mit deinem Vater?«

Es war kein Kuchen mehr übrig, deshalb zuckte ich mit den Schultern und trank einen Schluck Tee, um mich um die Antwort zu drücken.

»Du hattest ja richtigen Hunger.«

Ich nickte, noch immer ein bisschen verlegen. »Kennen Sie

eine Stelle mit einem Wasserfall?«, fragte ich, ohne richtig nachzudenken.

»Bitte?«

»Mit einem Wasserfall und einem großen Baum. Das Wasser strömt über Felsen und Steine …«

Wie die bei den meisten anderen Wasserfällen auch, dachte ich. Himmel!

»Wie heißt der Wasserfall denn?«, fragte Kerry

»Weiß ich nicht.«

»Die Forstverwaltung könnte das wissen, vor allem hier in der Gegend – wir haben ja viele Stauseen und Flüsse und so.«

Ich nickte. »Ich glaub, ich muss los.«

»Ich sage Kate, dass du vorbeigeschaut hast. Bestimmt findet sie es schade, dass ihr euch verpasst habt.«

Als ich losfuhr, überlegte ich, ob Kate das wirklich schade finden würde oder ob das nur Mam-Gerede war. Ich kam an der Weide vorbei, auf der die Kühe grasten, und hielt beim Tor an. Da waren sie, senkten die Köpfe und kauten auf dem Gras herum.

»Hallo«, rief ich. Sie beachteten mich nicht. »Hab mein Fahrrad wieder. Dafür hat Kate gesorgt.« Sie kauten die ganze Zeit, als ob sie unter Zeitdruck stünden und dringend fertig werden müssten. Eigentlich stimmte das ja auch – sie werden geboren, gemolken, getötet und gegessen. Sie taten mir leid.

Es war so schön, wieder in die Mawr zu fahren. Ich beschloss, bei Oma vorbeizuschauen. Vielleicht konnte ich ihr im Haus helfen. Diesmal würde ich mein Rad ganz bestimmt anschließen.

In der Stadt hielt ich Ausschau nach Kate, sah sie aber nirgendwo. Als ich in die Gasse abbog, drängte sich eine Menschenmenge vor Omas Gartentür. Ich hatte sofort schreckliche Angst, dass ein Unglück passiert war.

»Was ist denn los?«, fragte ich, als ich dort ankam. Sogar über die Mauern der Nachbargärten schauten Leute.

»Oma! Oma!«

»Lilly geht es gut«, sagte Polly, aber sie klang so besorgt, dass es mich nicht überzeugte.

»Oma«, brüllte ich noch mal, als ich mich durch die Menge drängte.

Dann sah ich eine Kuh – eine echte, wirkliche Kuh.

Achtzehn

»Das ist Jane«, sagte Oma zu mir. »Erkennst du sie wieder? Ist sie nicht schön?«

Ich starrte die Kuh an, während Kate eine alte Badewanne mit Futter füllte. Auf dem Boden lag ein Haufen Heu. »Was macht sie denn hier?«, fragte ich.

»Kate hat sie hergebracht.«

»Ach, einfach mal so, oder wie?«

»Nein«, sagte Oma. »So lange, wie ich will. Oder nicht?«

Kate zuckte mit den Schultern. »Hier wird sie sicher besser versorgt als da oben.« Sie schaute zu den Hügeln hoch, als ob der Hof ihrer Eltern gleich um die Ecke läge. »Wenn sie zu viel Arbeit macht, hole ich sie wieder.«

»Das ist doch Wahnsinn«, sagte Roger.

»Komm mir bloß nicht so!«, sagte Oma. »Das ist mein Garten. Hier bestimme ich.«

»Aber was ist mit dem Gestank, dem Lärm?«, fragte Roger.

»Ich muss auch mit deinem Gestank und deinem Lärm leben.«

»Was ist mit Futter?«

Kate zeigte auf die Badewanne. »Das reicht erst mal. Wenn nötig, kann ich auch mehr bringen. Und es gibt Gras, Unkraut, Heu ...«

»Ich kann Grünzeug für sie sammeln«, sagte Oma. »Das hält mich in Form und ich tu dieser überwucherten schäbigen Siedlung einen Gefallen.«

»Ach, Lilly, hör doch auf! Eine Kuh!«, sagte Polly.

»Wie viele Katzen hast du?«

»Nur zwei. Was redest du da eigentlich, Lil? Als ob zwei Katzen so viel Arbeit machen wie eine große dicke Kuh!«

»Nein, das sag ich natürlich nicht, aber diese Schönheit gibt Milch, die kann ich trinken und ich kann daraus Butter und Käse machen. Sie braucht nur Gras und so. Sie verdient sich ihren Lebensunterhalt, nicht wie Katzen, die nur fressen und dösen wollen.«

In diesem Moment hob Jane den Schwanz und ließ einen dicken Kuhfladen auf Omas Terrasse fallen.

»Super«, sagte Roger. »Hier wird es doch zum Himmel stinken.«

»Den nehm ich«, sagte Mr Banerjee. »Dünger für meine Rosen.«

»Sehr gern«, sagte Oma. »Wenn Jane wieder eine Ladung fallen lässt, sag ich Ihnen Bescheid, Mr Banerjee. Darauf können Sie sich verlassen.«

»Das brauchst du ihm nicht zu sagen«, sagte Roger. »Das riecht er von ganz allein.«

Alle erklärten, wie blöd es sei, eine Kuh im Garten zu haben, und ehrlich gesagt sah ich das auch so.

»Mir egal«, sagte Oma und hob die Hände. »Hier in der Bryn-Mawr-Siedlung haben wir echte Probleme genug. Das weiß ich selbst. Diese Kuh, Jane, wird euch nicht die Fenster einwerfen, sie wird nichts stehlen und keine unflätigen Beschimpfungen brüllen oder euch überfallen, wenn ihr mit der Rente vom Postamt zurückkommt. Nein. Sie wird einfach brav sein und viel mehr geben, als sie nimmt, und sie wird mir Gesellschaft leisten. Also bitte ich euch, gebt ihr eine Chance ...«

Alle verstummten.

Mr Banerjee legte die Hände aneinander. »Sie wird uns Glück bringen.«

»Danke«, sagte Oma, und dann teilte sich die Menge und Morris ging auf Jane zu. Ich staunte, weil er ja eigentlich kaum sein Haus verlässt.

»Ist sie nicht wunderschön, Morris?«, fragte Oma.

Er starrte Jane an. »Ich baue ihr einen Unterstand, wenn du willst, Lilly«, flüsterte er.

»Ich finde, das ist eine umwerfende Idee, Morris.«

»Hab eine Plane auf dem Dachboden«, fügte er hinzu. »Wird nix Tolles, aber wird reichen.«

Roger schnalzte verächtlich mit der Zunge. »Eine Plane.«

»Sie braucht nur einen einfachen Unterstand, Roger«, sagte Oma. »Nicht die Chinesische Mauer. Danke, Morris.«

Sie drehte sich zu den anderen um. »So. Klappe. Jane soll sich jetzt in ihr neues Heim eingewöhnen und dann wird sie gemolken.«

»Wenn Milch übrig ist, nehm ich die, Lilly«, sagte Roger.

»Ach, ja? Na, Morris kommt zuerst an die Reihe, schließlich hat er angeboten, den Unterstand zu bauen. Aber jetzt, wenn ich bitten darf ...«

Oma scheuchte die Umstehenden weg wie Tauben.

Ich drehte mich zu Kate um. »Ich war bei euch zu Hause, mit dem Fahrrad. Deine Mam hat nichts davon gesagt, dass du Oma eine Kuh bringen wolltest.«

Kate starrte mich mit den beängstigenden Augen ihres Dad an. »Sie weiß ja auch nichts davon.«

Neunzehn

»Eine Kuh!«, sagte Mam mit weit aufgerissenen Augen, während sie Würstchen briet. »Soll das ein Witz sein?«

»Das stimmt«, sagte Darren. »Ryan hat es mir erzählt – eine riesige, dreckige Kuh in Omas Garten. Können wir sie angucken?«

»Wer ist denn auf diese grandiose Idee gekommen?«

»Cowgirl, Mam. Die Irre, von der ich dir erzählt habe.«

»Kate hat sie vorübergehend bei ihr untergestellt.«

»Ach, ich kann dir sagen, das ist sehr vorübergehend. Die Kuh muss weg, und zwar sofort.«

Es gefiel mir nicht, wenn Mam Oma so behandelte wie mich. »Mam, Oma ist einverstanden.«

»Einverstanden? Ich geh morgen mal vorbei und bring sie zur Vernunft«, sagte Mam und schüttelte den Kopf. Die Würstchen zischten, so, wie Mam vor Wut zischte. »Vielleicht hat Rubys

Tod sie so durcheinandergebracht. Ich meine – eine echte Kuh. Is nicht gerade billig, so 'ne Kuh zu halten.«

»Ja«, sagte ich. »Gras kostet ja heutzutage ein Vermögen.«

»Sei nicht so frech, Gemma. Du bist an allem schuld.«

»Ich? Ich weiß das doch auch erst seit heute.«

»Du hast dafür gesorgt, dass deine Oma auf diesen Hof eingeladen worden ist, oder nicht?«

»Nein, Mam. Das war Kate.«

»Na, dann soll Kate ihre Kuh zurückholen.«

Mam kam an den Tisch und knallte jeweils zwei vor Fett triefende Würste auf unsere Teller. Ich sah Jane mit ihren riesigen treuen Augen vor mir.

»Ich möchte nur Bohnen, Mam«, sagte ich.

»Lass es einfach, Gemma. Das muss ich jetzt nicht haben.«

»Ehrlich, Mam. Ich will die nicht.«

»Wieso nicht?«

Es war schlechtes Timing, aber in diesem Moment war es eben richtig.

»Ich bin ab jetzt Vegetarierin.«

Zwanzig

Am Sonntagmorgen machte Oma die Tür nicht auf.

»Vielleicht ist sie hinten bei Jane«, sagte ich zu Mam.

»Wer ist Jane?«

»Die Kuh«, sagte ich.

Mam schnalzte mit der Zunge. »Ich geh nicht den ganzen Weg nach hinten. Du kannst mir dann die Tür aufmachen.«

Ich ging los und Darren kam hinterher.

»Du hast dein Rad also wieder?«, fragte er feixend.

»Ja. Hast was von dem Geld abgekriegt, oder?«

»Nein!«

Wir bogen in die Gasse ab und ich sah wieder Leute vor Omas Gartentür. »Das geht doch nie im Leben«, sagte Roger gerade und sah zu Morris hoch, der sich aus Omas Fenster im ersten Stock lehnte und die Ecke einer blauen Plane an einem Haken in der Wand befestigte.

»Wo ist Oma?«, fragte ich.

»Drinnen, sie macht Käse«, sagte Roger.

»Wahnsinn«, sagte Darren und starrte Jane an. »Eine echte Wahnsinnskuh.«

»Vorsicht, ärger sie nicht, sonst geht sie auf dich los«, sagte Roger. »Kühe sind gefährlich. Haben schon Menschen getötet, jawoll.«

»Nein, haben sie nicht«, sagte Darren.

Wie aufs Stichwort drehte Jane sich um und starrte ihn an. Er wich zurück und ich musste lachen.

»Wovor hast du denn Angst, Darren?«, fragte ich. »Das ist eine Kuh, kein Krokodil.«

Das war mir herausgerutscht, ehe mir aufging, dass es das Erste war, was Kate zu mir gesagt hatte. Dann hörte ich Omas Türklingel. »Himmel! Mam! Die hab ich total vergessen!«

Ich lief ins Haus und da stand Oma und rührte in einer riesigen Schüssel. »Oma, Mam ist an der Tür.«

»Ach, Gemma, ich bin die ganze Zeit beschäftigt«, sagte Oma. »Zuerst melken, dann Käse machen, dann ausmisten ...«

»Ruh dich doch ein bisschen aus.«

»Warum sollte ich? Seit dem Krieg hab ich nicht mehr so viel Spaß gehabt. Und übrigens, das hat Mr Banerjees Enkel für dich abgegeben.« Sie nickte zur Anrichte hinüber und dort sah ich einen schwarzen Kasten.

»Was ist das?«

»Eine Flöte. Er sagt, du wolltest immer schon Flöte spielen lernen.«

Ich öffnete den Kasten und sah eine wunderschöne silberne Querflöte, die in zwei Teile zerlegt war.

»Da musst du ganz schön viel üben, Gemma«, sagte Oma. »Er sagt, er kann dir ab und zu mal Unterricht geben.«

Mir wurde ganz warm, als ich das hörte; und dann hörte ich, dass Mam an die Tür hämmerte.

»Nun lass sie doch endlich rein«, sagte Oma. »Viel hält die Tür nicht mehr aus.«

»Oma, erzähl Mam nichts von der Flöte«, sagte ich.

»Natürlich nicht«, sagte sie und rührte weiter im Käsetopf. Es war wunderbar, dass Oma manchmal keine Fragen stellte. Ich ging nach vorn und öffnete die Haustür.

»Wieso hast du denn so lange gebraucht?«, fragte Mam, als sie hereinkam.

»Tut mir leid, Mam, ich bin aufgehalten worden.«

Draußen standen ein Mann, eine Frau und zwei Kinder. »Ist hier die Kuh?«, fragte der Mann.

»Ja«, sagte ich, überlegte dabei aber, ob sie vom Amt kämen oder so.

»Meinst du, die Kinder könnten sie mal angucken? So was kennen sie doch gar nicht.«

»Ich frag mal«, sagte ich.

Oma rührte noch immer im Käsetopf. »Da sind Leute, Oma, die fragen, ob sie Jane sehen können.«

»Sicher doch. Hol sie rein.«

Mam kam aus dem Garten zurück. »So was Blödes hab ich ja noch nie gesehen, Mam. Hör doch auf, so eine unnütze Kuh in deinem Garten. Ich meine, wozu denn?«

»Milch, Butter, Käse und Gesellschaft«, sagte Oma.

»Gesellschaft? Kann die Kuh sprechen, oder was?«

»Nein. Und nenn sie nicht unnütz – da ist sie empfindlich. Jedenfalls«, und das murmelte sie, »sollte man nicht von sich auf andere schließen.«

Ich ging nach vorn und holte die Familie herein. Ich führte sie durch die Küche, wo Mam noch immer auf Oma einredete.

»Man weiß doch gar nicht, wozu das gut sein soll, Mam!«

»Wie meinst du das, wozu?«

»Wozu? Das ist eine Kuh! Dazu.«

»Ha, das reimt sich«, sagte Oma kichernd zu sich selbst, dann bemerkte sie die Familie. »Ach ja. Sie wollten Jane sehen?«

»Wenn wir nicht stören«, sagte der Mann. »Ich bin John, das ist meine Frau Mary und das sind unsere beiden Kinder, wir sind die Llewellyns von der anderen Seite des Parks.«

»Das stört doch wirklich nicht. Sie ist hinten. Mir nach.« Oma führte die Llewellyns hinaus.

»Wir überlegen, ob wir uns Hühner zulegen sollen«, sagte der Mann, als er an Mam und mir vorbeikam. »So wegen der Nachhaltigkeit.«

»Sie lässt Fremde ins Haus«, sagte Mam zu mir, als gerade schwere Schritte die Treppe heruntertrampelten und Morris an uns vorbei aus dem Haus ging.

»Was hat der denn oben gemacht?«, fragte Mam.

»Den Unterstand für Jane befestigt.«

Ich hatte Mam noch nie so überrascht gesehen. »Sie hat eine Kuh im Garten, sie macht in einem Eimer Käse und oben treibt sich ein Verrückter herum. Sie hat doch total ihren blöden Verstand verloren.«

Mam ging zur Terrassentür. Ich trat neben sie und wir sahen zu, wie Oma den Llewellyns Jane präsentierte. Morris und Roger stritten sich noch immer, während sie die Plane hinten an der Hausmauer festmachten, und Mr Banerjee schaufelte Kuhdung in einen Eimer.

»Haben Sie welchen übrig?«, fragte Mr Llewellyn.

»Aber natürlich«, antwortete Mr Banerjee.

»Hallo, Mr Banerjee«, sagte ich.

»Hallo, Gemma.« Er lächelte mich an.

Er hatte ein liebes, freundliches Lächeln und ich fragte mich, warum ich ihm sonst immer aus dem Weg gegangen war.

Darren kam aus der Gasse hereingerannt. »Reicht das, Oma?«

Er brachte eine Ladung Gras und Unkraut.

»Das ist wunderbar, Darren.«

»Kann ich sie füttern?«

»Sicher, sie liebt frisches Gras und all so was.«

Und mein mieser, nerviger, schleimiger kleiner Bruder fing an, Jane wie ein Bauernjunge mit Gras zu füttern. Ich war verblüfft. Ich sah Mam an, aber die hatte noch immer nur Augen für den Kuhkacke schaufelnden Mr Banerjee. Darren grinste, als Jane auf dem Gras herumkaute, das er ihr gebracht hatte. »Es gibt noch jede Menge dahinten, Oma«, sagte er. »Ich hol noch mehr.«

»Braver Junge, Darren! Braver Junge!«

»Ich fass es nicht«, sagte Mam. Ich wollte gerade sagen, »ich auch nicht«, als mein Blick auf den Busch fiel, den Oma und ich über Ruby gepflanzt hatten. Mir ging auf, dass sie den Hund seit einer Ewigkeit nicht mehr erwähnt hatte. Jetzt war ihr Garten voller Leute und sie hatte zu tun und war glücklich.

»Zeit zum Melken, was, Mädel?«, sagte Oma zu Jane. »Und, Gemma, haste Lust, sie zu melken?«, fragte sie dann. »Du hast mir ja zugesehen.«

Ich war selbst überrascht, als ich sagte: »Dann los.«

Einundzwanzig

Die Zitzen waren warm. Oma zeigte mir, wie ich oben mit dem Daumen hineinkneifen und dann mit den Fingern drücken sollte. Irgendwann hatte ich es raus. Jane drehte den Kopf und sah mich an, wie um zu sagen: »Nicht schlecht, weiter so.« Es war umwerfend, die Milch hervorspritzen zu sehen, und schon ziemlich bald war der Eimer fast voll. Dann kamen Ryan und Jamie rotzfrech in den Garten spaziert.

»Wer hat gesagt, dass ihr hier so einfach reintanzen dürft?«, fragte Roger, der noch immer mit Morris mit der Plane beschäftigt war.

»Wollen die Kuh sehen, ist doch klar«, sagte Ryan.

»Na gut, da ist sie. Und jetzt schleicht euch.«

»Ihr könnt auch hierbleiben, wenn ihr euch anständig benehmt«, sagte Oma.

»Mann, die ist ja riesig!«, sagte Jamie.

»Pass auf, die wird echt gemolken«, sagte Darren. »Dann ist sie gerade gefährlich. Die trampelt dich tot, wenn du nicht aufpasst.«

»Quatsch«, sagte Ryan, trat aber zurück.

»Was kommt denn da raus?«, fragte Jamie und zeigte auf den Eimer.

»Milch natürlich«, sagte Oma. »Oder isst du deine Cornflakes etwa trocken?«

Roger lachte und Mr Banerjee auch.

»Was hast du denn gedacht, wo die herkommt?«

Jamie und Ryan starrten die in den Eimer spritzende Milch an, als ob ihnen gerade gesagt worden sei, sie hätten Pommes mit Maden gegessen.

»Die wird später erhitzt«, erklärte Oma. »Wegen der Bakterien. Und wenn sie in den Supermarkt kommt, wird sie noch pasteurisiert.«

Jamie schlug sich die Hand vor den Mund und rannte hinaus in die Gasse.

Eine Menge Leute schaute vorbei, um Jane zu beglotzen. Ich fand das witzig, denn, also ehrlich, wenn man eine Kuh sehen will, kann man doch hinaus aufs Land fahren – da gibt es Kühe in Massen. Aber kaum stand eine in einem Garten in der Bryn Mawr, schon war es so, als ob ein Promi aufgekreuzt wäre.

Mam lief in der Küche hin und her, während Oma die Milch in einem riesigen Topf auf dem Herd umrührte.

»Ich mache mir Sorgen, Mam. Das muss ich einfach sagen.«

»Ich seh das ja«, sagte Oma. »Wegen Robbie?«

Robbie ist mein Dad.

»Nein, Mam, nicht wegen Rob. Wegen dir.«

»Wegen mir?« Oma zwinkerte mir zu.

»Ja, Mam, ich meine, ich weiß ja, das mit Ruby ist bestimmt schlimm für dich … Aber deswegen eine Kuh?«

»Diese Kuh hat nichts mit Ruby zu tun. Kate hat mich gefragt, ob ich mich eine Weile um sie kümmern könnte, und da hab ich begeistert zugeschlagen.«

»Und gibt diese Kate dir auch Geld fürs Kümmern?«

Oma hörte zu rühren auf. »Jetzt pass mal gut auf«, sagte sie. »Was ich in diesem Haus mache, geht nur mich an, klar? Diese Kuh hat mich bisher nicht einen Penny gekostet …«

Darren kam mit einer weiteren Ladung Gras herein. »Oma! Reicht das? Ich hab es aus Morris' Garten, Morris sagt, wir tun ihm einen Gefallen.« Jamie und Ryan standen hinter ihm.

»Ihr verzieht sie ja noch«, sagte Oma grinsend. »Na los! Aber nicht so wild.«

Ich ging zur Hintertür – ich traute ihnen einfach nicht, aber da standen die drei und fütterten die Kuh mit dem Gras aus Morris' Garten.

»Nun lass mal gut sein, Liebes«, sagte Oma zu Mam, als ich zurückkam. »Mir macht das Spaß. Und wenn es dir um das Geld geht, das ich dir jede Woche gebe, dann mach dir keine Sorgen. Ich werde dir auch weiter helfen.«

Das war mir neu. Ich hatte gar nicht gewusst, dass wir Geld von Oma bekamen.

»Darum geht es nicht«, sagte Mam. »Ich hab nur Angst, das wird zu anstrengend für dich.«

»Du kümmerst dich um deine Sachen und ich mich um meine, ja?«

»Aber wie lang willst du dieses Tier denn noch behalten?«

Oma nahm eine Dose aus einem Schrank. Sie zog die Teebeutel heraus und darunter lagen zwei Zwanzig-Pfund-Scheine. »Ich werde *Jane* so lange behalten, wie Kate mich lässt«, sagte sie und gab Mam das Geld. »Und übrigens«, sie schaute zu mir herüber. »Deine Tochter war eine wunderbare Hilfe. Sie ist wirklich großartig.«

Ich wurde rot.

Zweiundzwanzig

Als ich auf den Hofplatz kam, ging gerade die Sonne unter. Ich würde nicht lange bleiben können, aber ich wollte Kate sprechen und ihr erzählen, was alles passiert war. Im Melkschuppen brannte Licht, und tatsächlich war sie dort, spritzte Wasser auf den Boden und fegte es weg.

»Hallo«, brüllte ich.

Sie kam mit gerunzelter Stirn auf mich zu und schaute an mir vorbei, wie um festzustellen, wer sonst noch in der Nähe war. »Wie geht's?«

»Super. Die Nachbarn finden Jane auch toll, sogar mein Bruder. Die rennen Oma allesamt die Bude ein.«

Kate machte sich wieder ans Ausmisten.

»Ich hab sie gemolken!«, sagte ich. »Ganz allein. Ich habe Jane gemolken.«

Kate nickte und ich glaubte ein kleines Lächeln zu sehen. Dann bog ein Wagen auf den Hofplatz ein und sie hob ruckhaft den Kopf. Es war ihr Dad.

Er ging direkt zu uns in den Schuppen und nickte mir zu.

»Alles in Ordnung?«, fragte er Kate.

»Was sollte sein?«

»Hab eben mit Don Mostyn gesprochen ...«, sagte ihr Dad.

Kate hörte auf zu fegen.

»Er will sich die Kühe ansehen. Ich habe ihm gesagt, dass sie in gutem Zustand sind und dass das dein Verdienst ist.«

Ich hatte hier eigentlich gar nichts mehr zu suchen, aber es war, als ob meine Schuhe im Boden einzementiert wären.

»Wird ein neuer Anfang, Kate. Wir werden genug Geld für einen Schredder übrig haben und dann kann ich richtige Baumchirurgie und Gartenräumungen anbieten. Ich werde hier drinnen eine Werkstatt einrichten und ...«

»Kann ich eine Kuh behalten?«, fragte Kate und er verstummte mitten im Satz.

»Was? Wozu denn?«

Sie umklammerte den Schrubber so fest, dass ihre Finger weiß wurden. »Ich möchte eine behalten.«

»Wozu denn das?«

»Ich will eine Kuh.«

Es klang so, als ob sie um neue Klamotten oder ein Handy bäte. Ihr Dad warf mir einen Blick zu. »Wir brauchen das Geld.«

»Ich kauf dir eine ab. Du kannst mir das vom Taschengeld abziehen – ich zahl es nach und nach zurück.«

»Geh mir nicht auf die Nerven, Kate.«

»Ein Kuh-Darlehen.«

»Es reicht!«

»Eben! Dir reicht es und deshalb gibst du auf.«

»Nein. Du willst nur nicht sehen, was in der wirklichen Welt mit den Bauernhöfen passiert. Du kannst wunderbar mit den Kühen umgehen, bist ein Naturtalent. Aber du bist dreizehn ... du hast keine Ahnung von Milchquoten oder Großhandelspreisen, Inspektionskosten, Impfkosten. Für dich ist dieser Hof wie ... wie in einem Bilderbuch, *Bei uns auf dem Bauernhof*. Wir müssen nach deiner Pfeife tanzen und so tun, als wäre das hier ein echter Hof, so ist das nämlich, wir tun nur so!« Er machte auf dem Absatz kehrt und lief hinaus.

Kate ging zur Tür und starrte hinter ihm her, als ob ich gar nicht da wäre. Sie sah aus, als ob sie ihn hasste. »Er hat noch immer nicht bemerkt, dass eine fehlt.«

Sie ließ den Schrubber auf den Boden fallen und ging. Ich sah, wie sie in der Dunkelheit verschwand. Ich würde viel zu spät nach Hause kommen, aber Kate hatte wirklich schlimmere Probleme.

Mam saß vor dem Fernseher, als ich hereinkam. Ich hatte angerufen, als ich von Kate losgefahren war – und behauptet, ich hätte einen platten Reifen. Mam war noch immer wütend, als ich nach Hause kam.

»Tut mir leid, Mam«, sagte ich.

»Ich hab keine Lust auf eine Schlagzeile im *Echo*, Gemma. *Mutter lässt Dreizehnjährige die ganze Nacht allein durch die Gegend fahren.*«

»Ich musste alle fünf Minuten anhalten und den Reifen aufpumpen.«

»Neuer Schlauch«, sagte Darren.

»Da ist das Abendessen«, sagte Mam und zeigte auf den Tisch.

Es gab Schweinekotelett, Kartoffeln und Gemüse. Ich sagte nichts. Ich hatte zu großen Hunger. Ich verschlang Kartoffeln und Gemüse in null Komma nix. Mam sah wieder fern, aber ich spürte, wie sie ab und zu zu mir herüberlinste.

»Oma sagt, Kühe haben vier Mägen«, sagte Darren. »Vier!«

Mam knurrte irgendwas.

»Jane hat tonnenweise Gras gefressen.«

»Das ist eine Kuh, Darren«, sagte Mam. »Das ist keine Jane, das ist eine Kuh.«

»Alle Leute geben ihren Haustieren Namen, Mam.«

»Das ist aber kein Haustier, klar? Das ist eine Kuh, um Himmels willen. Was ihr zwei nicht kapiert, ist, dass es schwer genug ist, über die Runden zu kommen, auch wenn meine achtzig Jahre alte Mam sich nicht als Kuhsitterin betätigt.«

»Sie hat eine Menge Hilfe«, sagte Darren. »Ich und Jamie helfen auch.«

»Wenn du helfen willst, dann könntest du dein Zimmer aufräumen, deine Wäsche selbst erledigen und Abendbrot machen, ja? Ein jeder kehre vor seiner Tür. Schon mal gehört?«

»Nein. Was bedeutet das?«

Ich musste einfach lachen.

»Das ist nicht komisch, Gemma.«

»Mam, das ist doch nicht für immer«, sagte ich. »Oma ist glücklich, weil sie so viel zu tun hat, und sie war so traurig, als Ruby gestorben ist.«

»Ich hätte nicht gedacht, dass ich das jemals sagen würde, aber ich wünschte, der Hund wäre noch am Leben.«

»Ich nicht«, sagten Darren und ich gleichzeitig.

»Nehmt ihr zwei neuerdings Geld dafür, mir zu widersprechen, oder was? Und isst du jetzt endlich dein Kotelett?«, fragte sie mich.

»Nein, Mam. Ich bin Vegetarierin. Das ist für dich doch auch billiger, oder? Ich esse alles Gemüse, das du kochst, egal, was.«

Mam schüttelte den Kopf.

»He!«, sagte Darren. »Wir können Dad morgen von Jane erzählen.«

Der nächste Tag war ein Feiertag und ich hatte total vergessen, dass wir Dad besuchen würden.

»Ja, der wird hingerissen sein«, sagte Mam. Sie seufzte. »Also wirklich, ein nutzloser Kerl im Knast und eine Mam mit einer Kuh im Garten – das pure Paradies!«

Als ich später in meinem Zimmer war, probierte ich zum ersten Mal die Flöte aus. Aber ich konnte ihr nur ein blödes Tuten entlocken.

»Gemma!«, schrie Mam. »Was zum Teufel ist das für ein Lärm?«

»Nichts!«, schrie ich zurück.

Ich sah das wunderschöne silberne Instrument an und sagte zu mir selbst: »Das ist nur eine Flöte und ich werde sie niemals spielen können.«

Dreiundzwanzig

Wir saßen Dad gegenüber an einem Tisch, zwischen den anderen Häftlingen und ihren Besuchern. Ich fühlte mich einfach unbehaglich. Alle saßen im selben Saal, das fand ich grauenhaft – wir sahen dabei zu, wie andere weinten oder sich stritten, und die Stimmung war immer angespannt.

Dad sah fit und gesund aus, nur hatte er sich einen Pferdeschwanz gebunden und das war ganz schön peinlich.

»Solltest sie mal sehen«, sagte Darren. »Die ist echt riesig.«

»Wovon redest du da?«, fragte Dad.

»Hörst du doch – von einer Kuh bei meiner Mam.«

»Soll das ein Witz sein?«

»Nein.«

»Siehst gut aus, Claire«, sagte Dad zu Mam.

»Na, das kommt von der vielen Sonne und dem guten Essen im Restaurant.«

Mams Spott prallte von ihm ab. »Bin jetzt die ganze Zeit in der Turnhalle«, sagte er. »Schaff schon hundert Liegestütze.«

Es ärgerte mich, dass er nicht nach der Kuh fragte – man hört doch nicht jeden Tag von Leuten, die eine Kuh im Garten haben.

»Sie macht auch Käse und Butter«, sagte Darren.

»Wer?«

»Oma, aus der Milch von Jane.«

»Wer ist Jane?«

»Die Kuh«, sagte ich. »Und alle Nachbarn helfen Oma, sogar Morris.«

Dad nickte, aber ich sah, dass ihn das nicht interessierte. »Und zweihundert Sit-ups. Steinhart, mein Bauch«, sagte er und schlug sich darauf. »Du wirst beeindruckt sein, Claire. Kriegst einen neuen Mann, wenn ich rauskomme.«

»Kann es kaum erwarten. Wie viel hat der denn auf dem Konto?«

»Ich brauche natürlich jede Menge Protein. Also werde ich diese Kuh essen, wenn ich rauskomme.«

Er lachte, Darren und ich aber nicht.

»Deine Tochter ist jetzt Vegetarierin«, sagte Mam.

»Was? Das geht auch vorbei.«

»Nein, Dad. Ich will keine Tiere mehr essen.« Ich war irgendwie stolz, als ob ich es jetzt öffentlich machte.

»Wirst du wohl, wenn dein Hunger groß genug ist.«

»Nein, werd ich nicht.«

Er war ganz schön nervig.

»Ich wette einen Zehner, dass du einen Burger isst, wenn ich rauskomme.«

»Robbie«, sagte Mam. »Das mit dem Wetten hat dir schon genug Ärger eingebracht, da brauchst du nicht auch noch mit deiner eigenen Tochter anzufangen.«

»War doch nur so dahingesagt, Liebes. Ich bin ja auf deiner Seite.«

»Hier gibt es keine Seiten, Robbie. Wenn du rauskommst, bist du wieder in der wirklichen Welt und dann musst du deinen Lebensunterhalt verdienen. Ein bisschen wie Jane.«

»Wer ist Jane?«

»Die KUH!«

Vierundzwanzig

»Ganz allein, Cowgirl Zwo?«, fragte Sian, als sie in den Bus stieg. »Ich hab gehört, deine Oma hat eine Kuh adoptiert – liegt ja wohl in der Familie.«

Es war seltsam, aber ihr Gerede machte mir nichts aus. Wahrscheinlich, weil ich andere Sorgen hatte. Ich stellte mir vor, wie Jane bei Oma im Garten stand, wie Dampf aus ihren Nasenlöchern quoll und wie Oma sich beim Melken bückte, und ich fragte mich, ob Kates Dad schon gemerkt hatte, dass eine Kuh fehlte.

Der Bus hielt vor der Schule, und als alle ausstiegen, fiel mir ein, was Kate mir einmal darüber erzählt hatte, dass Kühe sich seltsam benehmen, wenn sie zum Schlachthof gebracht werden, als wüssten sie, dass etwas Schlimmes bevorsteht. Kate hatte gesagt, dass Pferde einfach auf die Weide gelassen werden, das ist ihre Art von Rente – sie dürfen fressen, schlafen, herumlaufen.

Kühe dürfen das nicht – sie werden getötet und zu Burger und Hundefutter zermahlen.

»Redest du nicht mehr mit mir?«, fragte Sian und ihr Gesicht war ganz dicht an meinem. »Lernst ja schnell von Cowgirl, was?«

»Kühe haben ein mieses Leben, weißt du«, sagte ich. Sie machte ein verwirrtes Gesicht. »Na ja, ich meine, sie fressen die ganze Zeit nur Gras, und wenn sie ein Kalb kriegen, wird es ihnen gleich nach der Geburt weggenommen, damit sie weiterhin Milch geben, die wir uns dann nehmen.«

»Und?«

»Das ist ein mieses Leben, findest du nicht?«

»Mir doch egal.«

»Na gut. Dann ist es dir eben egal. Geht vielen so.«

»Machst du hier einen auf witzig?«

»Nein. Du?«

Ich wollte weg, und als ich einen Schritt vorwärts machte, wich sie zurück, was ich komisch fand. Ich lachte und dann packte sie mich.

Mitten im ganzen Gebrüll und Geschrei ging mir auf, wie blödsinnig unser Handgemenge war. Sie kratzte und schlug nach mir. Und ich wehrte mich auf dieselbe Weise und es tat noch nicht einmal weh. Es war nur … na ja, wie gesagt, es war blödsinnig. Sian war nicht stärker als ich. Sie war gemein und wütend. Ich war auch wütend, aber ich hatte einen Grund, und gerade in diesem Moment ließ ich alles an ihr aus. Ich hatte sie zu Boden gedrückt und schlug und kratzte. Dann kam ein Lehrer dazu, und als er mich wegzog, merkte ich, wie mein Auge anschwoll.

Ich starrte Sian an und sah nur eine gemeine Tyrannin und ich wusste, dass ich keine Angst mehr vor ihr hatte.

»Das war ein Missverständnis, Sir«, sagte ich zu dem Lehrer. »Ich hatte Sian eben erzählt, was für ein mieses Leben Kühe haben, wo sie doch so jung umgebracht werden, nur, damit Burger und so aus ihnen werden können. Sie dachte, ich redete über sie, aber so war das doch gar nicht. Ich habe über Kühe geredet, darüber, was das für wunderbare Tiere sind.« Die Leute um uns herum prusteten los. »Sie geben uns ihre Milch und zum Dank werden sie geschlachtet, ehe sie auch nur EIN Jahr alt sind!«

Ich glaube, sie hielten mich für total verrückt, aber ich hatte die Sache im Griff und das war Sian klar.

Kate ließ sich an diesem Vormittag nicht blicken und ich wollte unbedingt wissen, was los war, deshalb rannte ich in der Mittagspause von der Schule durch den Park zu Oma. Die Hintertür war verschlossen. Ich lief nach vorn und klopfte, aber es kam keine Antwort. Dann wurde der Vorhang zur Seite geschoben und Roger schaute mich an. Die Tür ging auf und Kate stand vor mir. »Hast du meine SMS bekommen?«

»Nein.«

»Was ist mit deinem Auge passiert?«

»Spielt keine Rolle. Was ist hier los?«

Kate schaute links und rechts die Straße hinunter. »Komm rein.«

Als ich ins Wohnzimmer kam, standen da Mr Banerjee, Morris, Roger, Polly, Mr Llewellyn und jede Menge Leute, die ich nicht kannte. Sie tranken alle Tee und drängten sich um Oma in ihrem Sessel, als ob sie die Königin wäre. Sie fragte auch nach meinem Auge und da erzählte ich von der Prügelei.

»Gut gemacht«, sagte sie und ich musste lächeln. »Wir haben auf dich gewartet. Möchtest du ein Stück Käse, mit schönen Grüßen von Jane?« Aber was immer hier los war, eine Käseverkostung war das nicht.

»Wir überlegen«, sagte Oma. »Kates Dad weiß jetzt, dass Jane verschwunden ist.«

»Ich habe es ihm gesagt«, sagte Kate. »Er ist total ausgerastet. Hat sofort Don Mostyn angerufen und einen Preis genannt. Mostyn kann die Kühe jeden Tag holen kommen.«

Mir kam eine Idee. »Oma. Kannst du Jane nicht kaufen?«

»Daran hab ich auch schon gedacht, Liebes«, antwortete Oma. »Aber eine gute Kuh wie Jane ist über einen Tausender wert. So viel Geld hab ich nicht. Leider.«

»Was wird Mostyn mit ihnen machen?«, fragte ich.

»Er wird sie in seine Herde aufnehmen, dann dürfen sie ein- oder vielleicht zweimal kalben und dann werden sie zum Schlachthof geschickt. Er will einfach seine Wiese und das Geld zurück, das mein Dad ihm schuldet.«

»Der Geizkragen«, sagte Roger.

»Es ist so schön, die Kuh hierzuhaben«, sagte Oma. »Das finden die Nachbarn auch.« Sie nickte den anderen zu, und wie auf Kommando redeten alle drauflos.

»Der Käse ist wirklich köstlich«, sagte Roger mit vollem Mund.

»Sie bringt uns Frieden«, sagte Mr Banerjee.

»Genau«, stimmte Morris zu.

»Ich hab noch nie so was Köstliches gegessen wie die Sahne, die ich von ihrer Milch abgeschöpft habe«, sagte Polly.

Nun schwiegen alle und das konnte ich nicht ertragen. »Und? Was passiert jetzt?«

»Na ja«, sagte Oma. »Noch wissen sie nicht, wo Jane ist, deshalb haben wir beschlossen beziehungsweise Kate hat vorgeschlagen, dass wir die anderen auch nehmen.«

»Wie meinst du das, dass ihr die anderen auch nehmt?«

»Wir wollen das ganze Dutzend hier runter in die Siedlung holen. Aber das muss alles streng geheim bleiben.«

Ich wusste nicht, was ich dazu sagen sollte. »Ihr wollt elf Kühe herholen?«, fragte ich. »In die Bryn Mawr?«

»Genau. Wir haben sie alle untergebracht«, sagte Oma. »Wir

haben uns in den letzten Tagen schon umgehört und heute Morgen haben Kate und ich mit allen Interessenten gesprochen, um sicherzugehen, dass es ihnen ernst ist und dass sie genug Platz im Garten oder Hof haben. Am Ende hatten wir so viele Angebote, dass wir losen mussten. Wir haben ein schönes Zuhause für jede Kuh, Gemma. Wir können sie verstecken, bis wir eine Lösung auf Dauer finden, die auch Mr Thomas hilft. Wir wollen, dass diese Kühe länger leben und glücklicher sind – sie sollen viel länger leben, als wenn sie zu Mostyn kämen.«

Das war doch alles nicht zu glauben.

»Ihr könnt doch in der Bryn-Mawr-Siedlung keine zwölf Kühe verstecken!«

»Warum nicht?«, fragte Roger.

»Aber wie wollt ihr sie hierherschaffen?«

»Genau so, wie ich das mit Jane gemacht habe«, sagte Kate. »Ich weiß einen Weg, der zu der Brücke über die Autobahn führt. Dahinter liegt eine Wiese und von da aus bringen wir sie in kleinen Gruppen in ihr neues Zuhause.«

»Aber das fällt doch auf. Die Leute werden reden!«

»Was sollen sie denn sagen?«, fragte Oma. »Ich hab unterwegs eine Kuh gesehen? Solange keine in einen Laden geht, um sich ein Glas Milch zu holen, ist das doch egal.«

»Wann wollt ihr das machen?«

»Morgen.«

»Morgen?«

»Ja, und ich brauche deine Hilfe, Gemma«, sagte Kate. »An einem Schultag ist es ruhiger und weniger gefährlich. Bist du dabei?«

Alle starrten mich an. »Ich glaube, ihr habt allesamt den Verstand verloren«, sagte ich. »Ihr spinnt doch ...«

Ich dachte an meine Prügelei mit Sian und die Wut überall. Mir ging auf, dass ich lieber den Verstand verlieren wollte, als immer so wütend zu sein.

»Alles klar, ich bin dabei!«

An diesem Abend probierte ich wieder die Flöte aus, und zum ersten Mal konnte ich ihr einen brauchbaren Ton entlocken. Dann kam Darren herein. »Raus!«

»Ich will auch –«, sagte er.

Ich hielt die Flöte eine Armlänge von ihm weg. »Nein.«

»Das doch nicht. Ich will morgen mit dir gehen und bei den Kühen helfen.«

»Wovon redest du überhaupt?«, fragte ich und machte auf ahnungslos.

»Red kein Blech, Gem. Ich hab es von Roger gehört. Alle Kühe kommen in die Mawr.«

»Darren. Du musst in die Schule.«

»Ach, und du nicht?«

»Vielleicht kommen wir damit durch, wenn nur ich fehle, aber wenn wir beide nicht auftauchen, fällt es auf.«

»Ich sag's Mam.«

Ich setzte mich gerade hin. »Hör mal, wenn du diesen Auftrag versaust ...« Ich konnte nicht glauben, dass ich es einen Auftrag nannte. »Wenn du das hier versaust, dann muss Oma Jane abgeben.«

»Ich werde nicht ... ich werde nicht ...«

»Dann halt dich raus.«

»Nein. Ich will helfen.«

»Warum?«

Ich weiß nicht mehr, wann ich meinen Bruder zuletzt beschämt gesehen hatte, aber da stand er nun vor meinem Bett und starrte den Boden an. »John Wayne«, sagte er.

»Was?«

»Ich hab einen Film über Typen auf Pferden gesehen, so Cowboys. John Wayne war ihr Lehrer.«

»Wir haben keine Pferde.«

»Wir haben Fahrräder. Komm schon, Gem. Ich kann helfen, echt. Komm schon!«

»Darren, wenn Mam das spitzkriegt ...«

»Wird sie nicht. Danke, Gem.«

»Darren!«

Weg war er.

Fünfundzwanzig

In dieser Nacht machte ich kein Auge zu und beim Frühstück wollte Mam wissen, warum wir so still wären.

»Müde«, sagten Darren und ich. Mam starrte uns an und ich hatte den Eindruck, dass sie misstrauisch war.

Als wir draußen auf die Räder stiegen, sah ich Jamie hinten in unserer Straße. »Darren, sag ihm, wir müssen für Mam irgendwas holen. Sorg dafür, dass er verschwindet.«

»Er kommt mit.«

»Was? Du hast es ihm gesagt?«

»Er will uns helfen, Gemma.«

»Na gut«, sagte ich. »Ihr könnt beide helfen.«

»Scharf.«

»Wenn ihr mithalten könnt.«

Ich trat in einem niedrigen Gang in die Pedale, schaltete dann hoch und zehn Sekunden später waren sie Kleckse hinter mir in der Ferne. Wenn Darren seine große Klappe nicht halten konnte, dann geschah ihm das nur recht.

Ich kurbelte den Craig-y-Nos-Hügel hoch wie noch nie zuvor. Ich wollte Kate nicht im Stich lassen. Wir waren auf der anderen Seite der Weide verabredet.

Ich kam zu früh. Ich stand allein da und Atemwolken kamen aus meinem Mund wie aus einer Lokomotive. Es war still, die Art von Stille, die man nicht oft erlebt, wie damals, als ich mich mitten auf die Straße gelegt hatte. Keine Autos, kein gar nichts; nur ein Vogel, der sang, als ob er dafür bezahlt würde. Es war einfach wunderschön. Dann dachte ich an Dad in seiner Zelle. »Idiot«, sagte ich laut.

Ich hörte ein Muh.

»Los«, hörte ich Kate rufen. »Kommt schon!«

Die Kühe tauchten auf und dann sah ich Kate, die wie ein echtes Cowgirl auf einer Kuh ritt. Ich lachte. Kate sah mich und lächelte, aber ich konnte sehen, dass auch sie nervös war. Sie stieg ab, öffnete das Gatter und trat auf die Straße.

»Ganz schön still hier, was?«, sagte ich.

Kate schaute sich um. »Sie sind gemolken und gefüttert. Ich führe sie an und du kommst hinterher.«

»Was soll ich tun?«

»Nichts. Sorg einfach dafür, dass sie nicht stehen bleiben.«

»Aber wenn sie in die andere Richtung wollen?«

»Werden sie nicht. Vielleicht lassen sie sich vom Gras am Straßenrand ablenken, aber sie laufen eine hinter der anderen her. Wenn ich vorn anhalte, bleiben sie alle stehen. Wenn du siehst, dass wir uns in Bewegung setzen, klatsch einfach in die Hände und ruf ›Kommt schon!‹, und dann gehen sie weiter.«

Ich hätte gern gefragt: Und wenn sie das nicht tun?, aber ich wusste, dass das nichts bringen würde.

Kate schaute sich nach allen Seiten um. »Okay. Auf geht's.«

Sie ging zurück auf die Weide und mein Herz hämmerte los.

»Los!«, schrie sie. »LOS JETZT!«

»Was? Wohin denn?«

»NICHT DU!«, brüllte sie. »Die Kühe! Du bleibst stehen!«

Sie kamen jetzt von der Weide und schauten mich Furcht einflößend an. Sie gingen hintereinanderher, bis auf eine, die sich zu mir drehte. »Los«, sagte ich kleinlaut. »Komm schon!« Ich klatschte in die Hände. Nichts. Die Kuh starrte mich an, dann muhte sie. Ich war wie erstarrt.

»Komm schon!«

Sie muhte wieder, wie um zu sagen: Für wen hältst du dich eigentlich?

Die letzte Kuh kam heraus und Kate schloss das Gatter. »Das ist Rachel. Die ist stur. Brüll sie an, als ob sie dein Bruder wäre.«

»Rachel«, sagte ich. »Los jetzt.«

»So redest du nicht mit deinem Bruder.«

Die Kuh starrte mich an und ich hatte die Faxen dicke. »LOS JETZT! KOMM SCHON!«

Sie drehte sich um und schloss sich den anderen an.

»So ist das richtig«, sagte Kate.

Sie lief zwischen den Kühen hin und her. »Kommt schon, Mädels«, brüllte sie und alle gingen den Weg hinab. Ich lief hinterher und sah nur die Hintern der letzten drei Kühe vor mir. Ab und zu brüllte ich »Los!« oder »Macht schon!«, einfach, weil ich mir dann auch vorkam wie ein echtes Cowgirl.

Schon bald rief Kate: »Gleich kommt die Kreuzung. Halt sie auf Trab!«

Wir schafften es problemlos auf die andere Seite und es ging weiter, aber bei der nächsten Kreuzung hielt ein Wagen an. Der Fahrer kurbelte sein Fenster hinunter. »Wo willst du denn mit denen hin, Kate?«

Kate blieb stehen, während die Kühe weitertrotteten. »Die brauchen mal Bewegung, Mr Jarvis.«

»Müsstest du nicht in der Schule sein?«

»Doch, aber ich bring die Kühe hin, für den Anschauungsunterricht.«

Kate ging weiter. Als ich vorbeikam, fragte der Mann mich: »Bringt sie die wirklich in die Schule?«

»Genau. Allerdings nicht ins Klassenzimmer. Das wäre doch albern, stimmt's?«

Wir machten eine Pause und die Kühe fraßen das Gras am Straßenrand. Kate kam zu mir nach hinten. »Alles in Ordnung?«

»Ja«, sagte ich. »Läuft doch super, oder?«

Sie nickte. Ich zog einen Schokoriegel hervor, den ich mitgenommen hatte. Ich brach ihn in zwei Stücke und gab Kate die eine Hälfte. »Schokolade schmeckt immer besser, wenn man sie eine Weile aufbewahrt hat«, sagte ich.

Kate biss hinein. »Denen gefällt das«, sagte sie und streichelte die Kuh neben ihr.

»Welche ist das?«

»Donna. Donna ist ein bisschen langsam – und erschrickt leicht. Ich geb sie zu Morris.«

Das ist gut, dachte ich.

Dann hörten wir eine Autohupe. Kate sah mich an. »Wenn das Dad ist, ist alles aus.« Sie ging nach vorn und ich folgte ihr, obwohl ich mich durch die Kuhherde hindurchdrängen musste.

»Kate. Was ist denn hier los?«, fragte der Fahrer.

»Die sind weggelaufen, Mr Conway. Jungs aus der Mawr, nehmen wir an. Wenn Sie zurücksetzen, führe ich sie an Ihnen vorbei.«

»Aber musst du nicht in die andere Richtung?« Er zeigte in die Richtung, aus der wir gekommen waren.

»Da ist keine Ausweichstelle«, sagte Kate. »Setzen Sie zurück und wir lotsen sie an Ihnen vorbei.«

»Das ist nett von dir, Kate.«

Er setzte zurück.

»Glück gehabt«, sagte sie zu mir. »Weiter jetzt.«

Als wir an dem Auto vorbei waren, winkte der Fahrer uns zu und fuhr los.

Bald darauf hatten wir die Brücke über die Autobahn erreicht und dort sah ich Darren und Jamie.

Sechsundzwanzig

»Was macht ihr denn hier?«

»Auf euch warten!«

»Ihr müsstet in der Schule sein.«

»Du auch«, sagte Darren. »Du hast uns stehenlassen!«

Wir fingen an, uns zu streiten.

»Schluss jetzt!«, sagte Kate. »Wir müssen elf Kühe in die Bryn Mawr bringen. Auf der anderen Seite der Brücke ist eine Wiese. Da können sie grasen und wir schaffen sie in kleinen Gruppen in die Mawr. Entweder ihr helft uns oder ihr macht, dass ihr wegkommt.«

»Alles klar. Auf geht's.«

»Fertig, los!«, brüllte Darren, als wir über die Brücke gingen.

Ich blieb hinten, Darren und Jamie gingen an den Seiten und Kate führte an.

Es war seltsam, die vielen Autos zu sehen, die nach Swansea

jagten oder in der anderen Richtung nach London, und elf Kühe, die hoch über ihnen über die Autobahn trotteten und zu denken schienen: Wieso habt ihr es denn bloß so eilig?

Ich war total erleichtert, als wir die Wiese erreicht hatten. Sie war überwuchert von Unkraut und in der Mitte stand ein ausgebranntes Autowrack, aber die Kühe hatten Hunger und machten sich sofort über das Gras her. Wir sahen ihnen eine Weile zu.

»Ich würde jetzt gern auf einem Pferd sitzen«, sagte Darren.

Kate schaute auf die Uhr. »So, wir binden sie an den Strick und bringen sie dann in zwei Gruppen nach unten. Einer von euch muss hierbleiben, damit sich keine verletzt. Hier könnten spitze Gegenstände rumliegen. Darren, du bleibst hier. Du musst auf sechs Kühe aufpassen. Schaffst du das?« Er nickte. »Gut. Dann nehmen wir Rachel, Connie, Megan, Suzie und Bess.«

Alle fünf wurden an Stricke gebunden. Jamie bekam Megan, ich bekam Connie und Bess. Sie kauten Gras und ab und zu hoben sie ihre riesigen Köpfe und sahen mich an. Ich redete ihnen zu, um meine Nervosität zu überspielen. »Gleich geht's los – in euer neues Zuhause.«

»Sei streng mit ihnen«, sagte Kate. »Darren, sorg dafür, dass die anderen nicht zu diesem Auto gehen, und such den Boden nach Metall und anderen gefährlichen Dingen ab.«

»Alles klar«, sagte er und sah sich um. Er war richtig eifrig. Mir ging auf, dass wir hier zum ersten Mal seit dem Ausflug zum

Wasserfall etwas zusammen machten. Er sah mich an, als ob er meine Gedanken lesen könnte. »Pass auf mein Fahrrad auf, Darren«, sagte ich.

»Okay.«

Ich nickte ihm zu.

»Gehen wir«, sagte Kate. »Rede ihnen gut zu, dann kommen sie mit.«

Und los ging's. Als wir die Straße erreicht hatten, konnte ich vor uns das Ende der High Street sehen. Da waren Leute. Ich war nervös, aber Kate ging einfach weiter.

Autos mussten warten und dann an uns vorbeifahren, aber niemand schien sich zu wundern. Ich dachte an Mam, die bei der Arbeit war, und fragte mich, was passieren würde, wenn wir um eine Ecke bogen und ihr begegneten. Ich stellte mir ihr wutverzerrtes Gesicht vor.

»Sorg dafür, dass sie dicht am Straßenrand bleiben«, sagte Kate.

Damit wurde ich aus meinen Gedanken gerissen. Mein Herz dröhnte wie ein Maschinengewehr. Irgendwie rechnete ich fast damit, dass ein Streifenwagen mit kreischenden Bremsen vor uns zum Halten käme. »Ihr seid verhaftet wegen Kuhentführung!«

Kate war so cool. Als wir zu den ersten Leuten kamen, nickte sie ihnen im Vorbeigehen einfach zu. Ich schaute zu Connie und Bess hinüber, deren Köpfe beim Gehen auf und ab wippten. Die

Kühe waren überhaupt nicht beängstigend. Es war albern, dass ich das jemals gedacht hatte. Ich freute mich so für sie, weil sie dem Schlachthof entkommen und auf dem Weg zu ihrem neuen Zuhause waren.

Wir erreichten eine Kreuzung. Kate drückte auf den Knopf an der Ampel und wartete. Zwei ältere Damen warteten zusammen mit uns – und fünf Kühen. Die eine drehte sich zu Kate um und fragte: »Sind das die Kühe für die Bryn Mawr?«

»Ja«, sagte Kate.

Sie wussten es schon. Es hatte sich herumgesprochen – was keine Überraschung war. Die Dame lächelte. »Meine Nachbarin, Mrs Evans, nimmt eine. Sie wird sie gut versorgen. Sie hat gesagt, sie will mir ab und zu etwas Milch abgeben.«

»Nichts geht über frische Kuhmilch«, sagte die andere.

Die Ampel wurde grün. »Na los, Mädels«, sagte ich und wir gingen über die Straße. Ich nickte einem der wartenden Fahrer zu, als ob ich jeden Tag mit fünf Kühen die High Street überquerte.

»Wo wollt ihr denn mit denen hin?«, fragte ein Mann, der uns entgegenkam.

»Wir bringen sie nach Hause«, antwortete Kate.

Es war großartig. Wunderbar.

Wir hatten den verkehrsreichsten Teil der Strecke jetzt hinter uns und befanden uns in der Bryn-Mawr-Siedlung.

Als Erste wurde Megan bei Mr Llewellyn abgegeben.

»Willkommen, Megan«, sagte er. »Ich habe ein Gehege für sie gebaut – oder einen Kuhkoben, könnte man vielleicht sagen.« Er lachte.

»Jede Menge Heu. Das ist gut«, sagte Kate. »Und sie muss erst heute Abend wieder gemolken werden. Wenn es Probleme gibt, dann rufen Sie Lilly an und die sagt mir Bescheid.«

»Wird gemacht.«

Kate wirklich plötzlich unsicher. »Also dann ... wir müssen mit den anderen weiter.«

Wir gingen los und Mr Llewellyn winkte uns zum Abschied zu. »Der sollte sich lieber gut um sie kümmern«, sagte ich, denn ich glaubte, dass Kate sich deshalb Sorgen machte.

Bald darauf kamen wir bei Mr und Mrs Evans an. »Bis dann, Bess«, sagte ich, als ich sie ihnen überließ.

»Hallo, Bess, du Feine«, sagte Mrs Evans fröhlich, Mr Evans dagegen machte ein düsteres Gesicht.

»Das ist doch Wahnsinn«, sagte er.

»Achtet nicht auf ihn«, sagte sie zu uns.

»Aber erlaubt ist das nicht, oder?«, fragte er.

»Das sind meine Kühe«, sagte Kate. »Ich stelle sie bei Ihnen unter, bis auf weiteres eben. Wenn es Probleme gibt ...«

»Ach nichts da, es gibt keine Probleme«, sagte Mrs Evans. Sie sah ihren Mann wütend an. »Du hast zugestimmt, Ron. Ich will diese Kuh und sie bleibt hier. Ich sage nichts, wenn du rauchst und Bier trinkst und zum Wetten gehst. Und du sagst nichts, wenn diese Kuh bei uns wohnt, oder du kannst von jetzt an selbst kochen und putzen. Ist das klar?«

»Ja, Liebling«, murmelte er. Der hatte hier nicht mehr viel zu melden.

Wir brachten nun Connie zu Maria Bracchi. Ihr hatte früher ein Café in der High Street gehört. Sie ist Italienerin.

»Ach, *che bella*«, sagte sie.

»Nein, Connie«, sagte ich.

»Nein, Liebes, *bella* ist Italienisch und bedeutet hübsch. Muss sie schon gemolken werden?«

»Erst heute Abend«, sagte Kate. »Ich komm nachher noch mal und zeig Ihnen, wie das geht.«

»Ach, das schaff ich schon. Ich hab in deinem Alter in Italien auf einem Hof gearbeitet und ich hab auch schon bei Lillys Kuh ein bisschen geübt.«

Rachel lieferten wir bei Mrs Oleski ab. Die war Polin, hatte zwei Kinder und buk, wie Kate erzählte, ihr eigenes Brot.

Schließlich brachten wir Suzie noch zu Mr und Mrs Choudary. Er war Buchhalter, sie Näherin. Ihr Sohn und ihre Tochter gingen auf unsere Schule. »Wir arbeiten zu Hause, da hat sie immer Gesellschaft«, sage Mr Choudary. Sie wirkten sympathisch.

Und dann standen wir allein auf der Straße.

»Das wär's«, sagte Kate. »Der Rest kommt in die Reihe von deiner Oma.« Sie schaute auf die Uhr. »Wir sind noch immer im Zeitplan, aber in einer halben Stunde beginnt die Mittagspause in der Schule und da warten wir besser.«

Kate rief Oma an, um ihr das zu sagen, während wir zurück zu den Kühen gingen. Irgendwie rechnete ich damit, dass sie verschwunden sein würden, aber Darren hütete sie wie ein Hirte.

Kate drehte sich zu Jamie um. »Hör mal. Danke für deine Hilfe, aber du musst jetzt zurück in die Schule gehen.«

»Was?«

»Wir sind hier zu viele. Geh zurück. Mit den sechs hier kommen wir zu dritt klar.«

»Och neeee!«

»Los!«, sagte sie. Jamie hob sein Fahrrad auf und verschwand ohne ein weiteres Wort. Kate hatte offenbar wirklich Macht über andere.

Sie setzte sich ins Gras und lehnte sich an einen Baum. Sie seufzte. Hier stimmte etwas nicht.

Siebenundzwanzig

Ich setzte mich neben Kate, obwohl das Gras nass war. »Läuft doch gut«, sagte ich.

»Nur ist es kein Geheimnis mehr! Diese Frauen an der Ampel wussten schon Bescheid.«

»Ja«, sagte ich. »So was spricht sich rum.«

Kate streichelte den Kopf einer neben uns grasenden Kuh. »Mr Evans hatte Recht«, sagte sie. »Das ist der pure Wahnsinn.«

Ich schaute zu Darren hinüber, der neben einer Kuh auf der anderen Seite der Wiese stand. Wir stritten uns jetzt nicht mehr so oft und er half uns. Ich hatte das Gefühl, auch ich hätte mich verändert, und das lag sicher vor allem an Kate und den Kühen. Bloß schien Kate die ganze Sache jetzt zu bedauern.

»Aber wir retten sie vor dem Schlachthof! Du hast selbst gesagt, dass sie noch viele Jahre leben können. Und ohne Mr Mostyn ...«

Sie riss einen Grashalm aus und schwieg.

»Welche ist das?«, fragte ich und zeigte auf die Kuh vor uns.

»Rhiannon.«

»Zu wem kommt sie?«

»Roger.«

Rhiannon hob ihren großen Kopf und schnupperte an mir. »Pech gehabt, Rhiannon.« Ihre Nase war ganz nass und ihr warmer Atem klang wie ein zustimmender Seufzer. Ich rupfte ein Büschel Gras aus dem Boden und hielt es ihr hin. Ihre große schleimige Zunge streifte meine Hand, als sie es nahm.

»Dad wird kochen vor Wut«, murmelte Kate.

»Aber er sagt doch selbst, dass die Kühe kein Geld einbringen.«

»Das bedeutet nicht, dass er nicht kochen wird, wenn er sieht, dass sie alle weg sind. Und er wird nicht lange brauchen, um herauszufinden, wo sie stecken.«

»Wir in der Mawr können ein Geheimnis bewahren, wenn es nötig ist.« Kates plötzliche Skrupel machten mich nervös. »Was ist mit deinem Opa? Was hätte der wohl getan?«

Sie zuckte mit den Schultern. »Vielleicht hätte er weitergemacht und alles wäre gut ausgegangen. Vielleicht hätte er es nur schlimmer gemacht. Gegen die Maul-und-Klauenseuche war er auch machtlos. Ich weiß noch, wie er davon erzählt hat. Ich war noch ein Baby. Die Bauern haben damals nicht nur die Kühe verloren, sondern auch alle Milch, die die Kühe gegeben hätten, wenn sie am Leben geblieben wären – Tausende von Litern. Als dann der zweite Ausbruch kam, nach seinem Tod, wusste ich, was es für uns bedeuten würde. Es war nicht Dads Schuld, aber ich war wütend, weil ich dachte, es sei ihm egal.«

»Ihm war es egal, dass die Kühe getötet wurden, meinst du?«

Sie nickte. »Sie haben mich weggeschickt, während das passierte. Ich hab 'ne Riesenkrise gekriegt ...«

Sie starrte vor sich hin, als ob sie alles noch einmal vor sich sähe.

»Ich wollte nicht zu meiner Tante in Monmouth. Es war, als würde ich die Kühe im Stich lassen. Ich weiß noch, dass Dad sich ganz schön anstrengen musste, um mich ins Auto zu befördern. Die Beule, wo ich gegen die Tür getreten habe, ist immer noch da ...«

Rhiannon hörte auf wiederzukäuen, als ob sie zuhörte.

»Als sie mich dann zurück nach Hause geholt haben, waren die Kühe nicht mehr da. Auf dem Boden war ein riesiger schwarzer Kreis, wo sie verbrannt worden waren. Ich konnte es riechen. Dad sagte, das sei Einbildung, aber das war es nicht. Er war da, ein schrecklicher Gestank, der nicht weggehen wollte. Manchmal rieche ich ihn noch immer.«

Wir schwiegen. Ich wusste nicht, was ich sagen sollte. Ich hatte das Gefühl, immer größer und selbstsicherer zu werden, während Kate schrumpfte. »Er gibt sich große Mühe, mein Dad«, sagte sie.

»Mein Dad ist im Knast«, rutschte es mir heraus.

Sie nickte, als ob sie so etwas jeden Tag hörte.

Ich stellte mir den Wasserfall vor und dachte daran, wie Dad uns gezeigt hatte, wie man Handstand macht. Ich sah sein übermütiges Grinsen. »Er hat mit uns Ausflüge gemacht.« Das klang jetzt so, als ob wir jedes Wochenende unterwegs gewesen wären, aber ich glaube, ich wollte uns wie eine normale Familie aussehen lassen. »Er ist mit uns zu diesem Wasserfall gefahren«, sagte ich. »Kennst du den?«

Ich sah sie an und hoffte auf ein Ja.

»Wasserfall?«

»Ja. Der muss irgendwo hier sein, bei einer Wiese mit einem großen Baum.«

Sie ging nicht darauf ein.

»Wie kann ich den finden?«

Sie zuckte mit den Schultern. »Beim Landesvermessungsamt?«

»Was ist das denn?«

»Ein Amt eben. Die machen Landkarten.«

»Aber ich weiß doch nicht, wo der Wasserfall ist.«

»Du hast gesagt, es gab einen Bach und einen Hügel und es war nicht weit von hier.«

»Ja.«

»Na, Hügel und Bäche und so was sind auf solchen Landkarten eingezeichnet – wir gucken sie einen nach dem anderen an.«

»Aber woher soll ich solche Karten nehmen?«

»Wir haben welche.«

»Würdest du ...« Ich wünschte mir so, dass sie nicht Nein sagte. »Würdest du mir helfen?«

»Okay.«

Mir stiegen Tränen in die Augen und ich konnte sie nicht ansehen. »Danke.«

»Bleibt dein Dad noch lange im Gefängnis?«

»Nächsten Monat kommt er raus.«

Ich dachte daran, wie er uns mit seinem Pferdeschwanz gegenübergesessen hatte. »Is 'n Idiot«, murmelte ich. »Mein Bruder findet ihn toll. Für ihn ist Dad ein Held.« Ich schaute zu Darren hinüber, der vorgab, den ausgebrannten Wagen zu fahren. »Jungs sind Idioten.«

»Ja, Bullen sind nicht halb so nett wie Kühe, oder so nützlich«, sagte Kate. »Ochsen sind doof und Bullen sind gefährlich und unberechenbar.«

»Was ist der Unterschied zwischen Bulle und Ochse?«

»Den Ochsen sind die Dinger abgeschnitten worden.«

»Igitt. Wieso das denn?«

»Damit man leichter mit ihnen fertigwird. Dann werden sie einfach gemästet – und nach zwei Jahren geschlachtet.«

Ich grinste vor mich hin. »Wenn wir das Darren erzählen ...«

»Ich glaube, wir sollten es lassen«, sagte Kate.

Ich schaute sie an. »Wieso? Der würde richtig blöd gucken.«

»Nein. Ich meine, das mit den Kühen. Wir sollten sie zurück auf den Hof bringen.«

»Was?«

Ehe Kate noch mehr sagen konnte, hörte ich: »GEMMA!«

Achtundzwanzig

Darren zeigte auf das Tor. Jamie stand mit allerlei Leuten aus der Schule auf der Straße. Es waren mindestens zwanzig und alle starrten die Kühe an. Kate und ich standen auf und liefen hinüber.

»Wieso hast du die denn hergebracht?«, fragte Darren Jamie, als er angerannt kam.

»Die wollen helfen«, war die Antwort.

»Das geht alles total schief«, sagte ich.

»Sie wissen es ohnehin längst«, sagte Jamie. Er zeigte auf einen Jungen. »Das ist Johnny Bracchi – seine Oma hat eine Kuh …« Dann zeigte er auf ein Mädchen. »Und das ist Chloe Llewellyn.«

Ich erkannte das Mädchen, das bei Oma gewesen war, um sich Jane anzusehen.

»Ich hab heute eine runtergebracht«, sagte Jamie zu den Kindern. »An einer Leine, wie einen Riesenhund.« Er grinste.

Kate kniff die Augen zusammen, als ob sie gleich losbrüllen würde.

»Willst du sie noch immer zurück auf den Hof bringen?«, fragte ich. Eine Kuh muhte, wie um zu sagen: NÖÖÖÖÖÖ!

Kate sah die Kinder an. »Na gut«, sagte sie. »Aber wir haben nicht viel Zeit. Wir bringen sie von dieser Wiese hier runter und ihr könnt dabei helfen …« Alle waren ungeheuer aufgeregt. »Aber macht keine plötzlichen Bewegungen, und sowie wir sie zu ihren Leuten gebracht haben, geht ihr alle zurück in die Schule, als ob nichts passiert wäre.« Alles nickte. »Wenn jemand fragt, dann habt ihr keine Ahnung.«

Kate, Darren und ich führten die Kühe auf die Straße und einige von den Kindern schoben unsere Räder. Als sie die Kühe aus der Nähe sahen, wichen einige zurück, als ob sie leibhaftige Dinosaurier vor sich hätten.

Wir erreichten die High Street und den Zebrastreifen, aber als wir zur Mawr-Siedlung kamen, fuhr ein Streifenwagen um die Ecke und hielt an. Das Seitenfenster wurde heruntergekurbelt. »Wo wollt ihr denn mit den Kühen hin?«, fragte der Polizist.

»Zum Mawr-Park. Ist für ein Schulprojekt«, sagte Kate eiskalt. »›Alles, was du über Kühe wissen musst.‹«

»Ganz schön viel Arbeit für ein Schulprojekt, was? Und gleich sechs Kühe?«

»Zwei Klassen. Und eine Kuh allein könnte nervös werden, bei so vielen Kindern.«

Der Polizist sah seinen Kollegen an. »Als ich zur Schule gegangen bin, mussten wir uns mit einem Meerschweinchen begnügen.« Dann sah er wieder uns an, aber nun lächelte er nicht mehr. »Braucht ihr keine Erlaubnis vom Landwirtschaftsamt, wenn ihr die Kühe aus dem Stall holt?«

»Nur, wenn sie auf Dauer verlegt werden«, sagte Kate. »Aber wir bringen sie ja nachher wieder zurück.«

»Eine Kuh hat vier Mägen«, rief Darren. »Stecken Sie am einen Ende Gras rein, kommt am anderen Milch raus – Milch für Ihre Cornflakes.«

»Damit ist mir das Frühstück verdorben«, sagte der Polizist und grinste. »Na, dann geht mal weiter. Aber dass mir nachher nichts von randalierenden Kühen zu Ohren kommt, ist das klar?«

»Ja, Sir.«

Der Wagen fuhr weiter. »Das hätte verdammt schiefgehen können«, sagte Kate.

Ich rief Oma an, um zu sagen, dass wir unterwegs waren, und als wir in ihre Straße einbogen, wurden wir schon erwartet.

»Wieso hast du die denn alle mitgebracht?«, fragte Roger und zeigte auf die Schulkinder.

»Die sind einfach gekommen, Roger. Und jetzt sind sie eben da.«

Kate führte uns zuerst zu Morris' Haus. Sie reichte ihm den Strick. »Morris«, sagte sie. »Das ist Donna.«

»Die ist nervös«, sagte er. »Genau wie ich.«

»Das sind sie alle, Morris – neue Umgebung und überhaupt.«

»Hab Gras und Wiesenblumen für sie.«

Seine Haare wehten im Wind. Er hatte sich gewaschen und saubere Kleidung angezogen. »Na los, Mädel«, sagte er mit sanfter Stimme, als er Donna in seinen Garten führte.

»Jetzt rück schon meine raus«, sagte Roger.

»Rhiannon, das ist Roger«, sagte Kate zu der Kuh. »Er ist ein bisschen laut, aber eigentlich ist er in Ordnung.«

»Frechheit.« Roger musterte Rhiannon von Kopf bis Fuß. »Bist ja nicht so groß wie Jane ...«

»Es kommt nicht nur auf die Größe an«, sagte Oma, die mit verschränkten Armen zusah. Die anderen kamen zu uns, um ihre Kühe in Empfang zu nehmen.

Peggy sollte zu Mr Banerjee. Er legte die Hände aneinander und hob sie zum Himmel. »Ich bin gesegnet.«

Maisy kam zu Mave Rubens, das war die Frau, bei der eingebrochen worden war.

»Ach, was bin ich nervös«, sagte sie. »Was, wenn sie mich nicht leiden kann?«

»Wenn du nett zu ihr bist«, sagte Oma, »dann ist sie auch nett zu dir.«

»Sie kann jetzt für Sie Wache stehen«, sagte Kate.

Mave schmunzelte.

Cathy wurde bei Polly abgeliefert.

»Zwei Katzen und eine Kuh hab ich jetzt«, sagte sie. »Hoffentlich kommen die alle gut miteinander aus.«

Die letzte, Sophia, ging an Tony und Tracey Hughes am Ende der Straße. Sie waren arbeitslos und hatten ein kleines Baby.

»Erwarte ja nicht, dass ich ihren Dreck wegmache, Tony«, sagte Tracey. »Ich hab mit Candice genug zu tun.« Die Kleine schrie, aber als sie die Kuh sah, hörte sie auf zu weinen und grinste.

Das war's. Alle Kühe waren bei ihren Betreuern abgeliefert worden.

»Das war's dann für heute«, sagte Oma zu den Kindern. »Und jetzt macht, dass ihr allesamt zurück in die Schule kommt.«

»Aber, Oma!«, sagte Darren.

»Keine Widerworte. Wir dürfen keine Aufmerksamkeit erregen. Nach der Schule könnt ihr wieder herkommen.«

Kate sagte unterwegs kaum ein Wort. Es war seltsam, auf der Wiese hatte sie noch alles umschmeißen wollen, aber dann waren die Leute aus der Schule gekommen. Jetzt war mir klar, dass sogar Kate Unterstützung brauchte. Sie brauchte uns. Wir hatten zusammen die Kühe in ihr neues Zuhause in der Bryn Mawr und in Sicherheit gebracht. Es war der pure Wahnsinn – Wahnsinn, aber brillant.

Neunundzwanzig

Mam war schweigsam an diesem Abend, als wir uns an den Tisch setzten. Sie regte sich nicht darüber auf, dass ich kein Chicken Kiev essen wollte, und gab mir einen Extralöffel Kartoffelpüree. Darren war schweigsam. Ich war schweigsam. Mam war schweigsam.

»Alles in Ordnung in der Schule?« Etwas daran, wie sie diese Frage stellte, ließ mich aufhorchen. »Ging schon«, sagte ich. Darren nickte dazu.

»Komisch. Die Schule hat nämlich angerufen und gefragt, wo ihr beide steckt. ›Sind doch bei euch‹, hab ich gesagt. ›Nein, sind sie nicht‹, war die Antwort.«

Mir wurde ganz anders.

»Dann ist mir eingefallen, wie still ihr heute Morgen alle beide wart. Soll ich die Polizei anrufen, habe ich mich gefragt. Aber dann kam Billy Jones zur zweiten Schicht und sagte: ›Hab eben gesehen, wie deine Gemma ein paar Kühe über die High Street geführt hat.‹ Nicht eine Kuh, sondern Kühe. Mehrzahl. Also bin ich in der Pause zur Mawr gelaufen und hab dich und diese Kate und drei Kühe entdeckt. Der kleine Jamie Thorpe war bei euch und da konnte ich mir ja denken, dass ihr Darren anderswo eingesetzt hattet.«

Ich schaute zu Darren hinüber, dem der Mund offen stand.

»Tja, eure Mam ist eben die zweite Miss Marple. Aber jetzt sagt mal, habt ihr euch wirklich eingebildet, ihr könntet eine Ladung Kühe durch die Stadt führen, ohne dass ich davon höre? Wenn ja, dann seid ihr jedenfalls so blöd, wie ich glaube!«

Sie sprang auf. Sie war einfach außer sich vor Wut.

»Ich hab gesagt, ich will nicht, dass eure Oma sich ein neues Haustier zulegt, wisst ihr das noch? Dann taucht diese Kuh auf und ich sag eurer Oma, dass mir das gar nicht gefällt, ist zu anstrengend und kostet und überhaupt. Aber alle sagen mir, es ist schön so, denn es ist eine Kuh und Kühe sind nützlich. Und als Nächstes helft ihr dabei, noch elf Stück da runterzubringen. ELF!«

»Aber die sind nicht alle bei Oma, Mam«, sagte ich.

»Darum geht es nicht. Und du!«, sagte sie zu Darren. »Schwärmst du jetzt neuerdings für deine Schwester, oder was?«

»Wie meinst du das, ob ich für sie schwärme?«

Ich wusste genau, wie sie das meinte – sie war sauer, weil Darren mitgemacht hatte.

»Immerhin haben wir keine zu uns gebracht. Die sind bei anderen Leuten.«

»Aber ihr habt mir nichts gesagt! ›Übrigens, Mam, hast du was dagegen, wenn wir morgen ein paar Kühe in die Mawr bringen?‹ Nein. Hinter meinem Rücken habt ihr das gemacht. Was glaubt ihr wohl, was das für ein Gefühl war! Meine Mam und meine eigene Tochter konspirieren!«

»Was bedeutet konspirieren?«, fragte Darren.

»Und wie blöd ist das denn überhaupt? Was glaubt ihr wohl, wie lange ihr elf Kühe verstecken könnt?«

»Zwölf, nicht elf«, sagte Darren.

Mam starrte ihn wütend an.

»Aber sie werden sonst geschlachtet.«

»Ach was? Und wie viele Kühe sind wohl seit deiner Geburt geschlachtet worden, was meinst du?«

»Jede Menge.«

»Jede Menge. Genau, und warum sind diese hier etwas Besonderes?«

»Mam, die sind so toll«, sagte Darren. »Du darfst nichts Böses über sie sagen. Die sind riesig, nützlich und lieb, das sind die nämlich.«

»Ich interessiere mich nicht für Kühe, Darren. Ich interessiere mich dafür, mit dem Geld auszukommen, Rechnungen zu bezahlen, uns satt zu kriegen, dafür zu sorgen, dass ihr was zum Anziehen habt, und … und Robbie kommt bald raus … dieser unnütze …« Sie fing an zu weinen. »Ich hab alles so satt!«

Darren grinste. Ich blitzte ihn an. »Tut mir leid, Mam«, sagte ich. »Wir wollten dich wirklich nicht hintergehen. Wir haben nur einfach nicht nachgedacht.«

Ich berührte ihren Arm.

»Ist euch klar, dass ich jeden Abend zu Hause bin?«, fragte sie. »Dreihundertfünfundsechzig Tage im Jahr? Jeden Abend?«

Das hatte ich mir noch nie überlegt. Es stimmte.

»In den Zeitungen steht manchmal was über Frauen, die ihre Kinder zu Hause allein lassen …« Sie schlug sich auf die Brust. »Ich weiß, warum sie das tun, aber ich hab das noch nie gemacht und werde es auch nie tun.«

»Aber Mam«, sagte ich. »Wir könnten zu Oma, wenn du mal zum Bingo gehen möchtest.«

»Ja, vor allem jetzt, wo ihr die Kuh besuchen könntet.« Sie sah mich mit Tränen in den Augen an. »Diese Kuh kriegt mehr …«

Ich hatte ja ganz stark das Gefühl, dass sie auf Jane eifersüchtig war. Eifersüchtig auf eine Kuh. Sie drehte sich um, ging in die Küche und wirbelte wieder herum. »Morgen bleibt ihr beide den *ganzen* Tag in der Schule. Ist das klar?«

Ich nickte.

»Versprecht mir das.«

»Versprochen, Mam«, sagten Darren und ich.

»Und wenn ihr irgendwelche genialen Ideen habt, wie einen Zoo aufzumachen oder so, dann fragt mich vorher. Klar?«

»Klar.«

Sie ging in die Küche.

»Mam«, sagte Darren. »Wenn da noch eine Kuh übrig wäre …«

»NEIN!«

An diesem Abend lag ich im Bett und dachte über alles nach, was passiert war. In der Ferne hörte ich ein Muh. Es war so schön, als ob ich auf dem Land wäre, in Ruhe und Frieden, nicht in der lauten, hässlichen Mawr-Siedlung. Dann kam von woandersher noch ein Muh. Ich stellte mir vor, dass die Kühe miteinander redeten.

»Schön hier, was?«

»Ja, besser als auf dieser nassen, windigen Wiese.«

»Ach ja, tausendmal besser.«

Ich schlief ein und träumte von Kühen. Sie rannten los, brachen aus. Alle Kühe auf allen Weiden im ganzen Land muhten einander zu und sagten: *»Was sollen wir denn auf dieser Wiese? Die nehmen uns die Kälber weg, die nehmen uns die Milch weg und zur Belohnung fressen sie uns dann auch noch auf.«*

»Schön blöd, das sind wir.«

»Das ist unfair!«

»Ja, los jetzt. Wir brauchen nur Gras, sonst gar nichts. Kommt schon.«

Dann stürmten sie gemeinsam los, denn zusammen ist man stark, und brachen durch Hecken und durch hölzerne Gatter. Und konnten die Milch für ihre Jungen behalten und leben, bis sie alt würden.

»LOS, MÄDELS, LOS!«

Dreißig

In der Schule wussten alle von den Kühen – kein Wunder, wo so viele von uns geholfen hatten.

Einige Mädchen, die ich nicht mal kannte, kamen in der Pause zu mir. »Wir gehen in der Mittagspause zu Mrs Oleski, wir wollen uns Rachel ansehen.«

Seltsam – ein Mädchen redete mit mir über eine Kuh, als ob das ganz alltäglich wäre. Dann kamen einige Jungs – Simon Davis und David Moore –, die sonst nie mit mir sprachen. »Gemma, mein Dad möchte wissen, ob er wohl auch eine Kuh kriegen kann.«

»Im Moment nicht«, sagte ich, als ob ich eine Art Kuhhändlerin wäre.

In der Mittagspause war die Mensa fast leer und der Schulhof auch. Die Lehrer liefen herum und fragten, wo die Kinder stecken könnten.

Kate ließ sich nicht blicken und ihr Handy war ausgeschaltet, deshalb ging ich zu Oma. Auf ihrer Straße hatte ich noch nie so viele Leute gesehen. In den Gärten liefen die Kinder aus und ein, stellten Fragen und wollten die Kühe füttern. Bei Morris stand eine Gruppe und sah wie gebannt dabei zu, wie er einen Trog füllte, den er für Donna aufgestellt hatte. Er hatte auch einen schönen Unterstand für sie gebaut.

»Haut ab!«, brüllte er.

»Wir wollen doch nur kucken«, sagte ein Mädchen.

»Kucken bringt nichts«, gab er zurück. »Besorgt ihr lieber was zu essen!«

Alle vier machten wie auf Kommando kehrt und rannten davon.

Als ich bei Oma ankam, war sie von Kindern umringt und redete wie eine Lehrerin mit ihnen. »Immer der Reihe nach«, sagte sie. »Sie soll ja keinen Schreck kriegen.«

»Wie viel wiegt sie wohl, was meinen Sie?«, fragte ein Junge.

»Genug, um dir den Zeh zu brechen, wenn sie dir auf den Fuß tritt.«

»Sie hört gar nicht auf zu essen.«

»Na, sie muss ja auch vier Mägen vollkriegen«, sagte Oma.

»Vier Mägen!«, brüllte Darren, der einen Müllsack in der Hand hielt. »Sieh mal, Oma, frisches Gras vom Verwalter. Es gibt noch mehr davon.«

»Kate war hier«, sagte Oma zu mir.

»Wie geht es ihr?«

»Ach, sie war leichenblass, Gemma. Sie streitet sich mit ihrem Vater und ich fürchte, wir haben aufs falsche Pferd gesetzt, sozusagen. Ich meine, ein Dutzend Kühe, und dann ausgerechnet in der Bryn Mawr.«

»Ja, aber jetzt sind sie eben hier, Oma, und sieh es dir doch an, alle kümmern sich und die Kühe werden gut versorgt. Stell dir doch nur vor, wie sie in Einzelteilen beim Schlachter liegen, wenn Mostyn mit ihnen fertig ist!«

»Ach, Gemma!«

»Ist doch so, Oma.«

Sie lächelte mich an und da wusste ich, dass sie sich wieder gefasst hatte.

»Ich fahr mal zum Hof und sehe, wie es ihr geht.«

»Gute Idee. Und übrigens, sie hat eine Landkarte für dich hiergelassen. Liegt drinnen.«

Ich ging hinein. Auf dem Tisch lag eine Karte – vom Landesvermessungsamt. Ich faltete sie auseinander. Sie war riesig und das ganze Tal war darauf zu sehen. Kate hatte die Stellen, wo sie dachte, dass der Wasserfall sein könnte, eingekreist und Notizen gemacht. Sie hatte das für mich getan, mitten in allem, womit sie zu kämpfen hatte. Die Karte verschwamm vor meinen Augen, als mir die Tränen kamen. Plötzlich stand Oma neben mir. »Wozu brauchst du die Karte, Gemma?«

»Nichts Wichtiges. Schule.«

»Darren hat mir von deiner Mam erzählt – wie wütend sie war«, sagte Oma. »Ich ruf sie nachher an und sag ihr, dass du etwas für mich erledigst, und dann lade ich sie zum Abendessen ein. Vielleicht können wir Frieden schließen.«

Ich umarmte Oma und lief hinaus.

Ehe ich zum Hof hochfuhr, wollte ich unbedingt noch Karuna sehen, deshalb ging ich in Mr Banerjees Garten. Seine Familie war dort – sicher acht oder neun Personen. Mr Banerjee erblickte mich und lächelte.

»Ich komm ein andermal wieder.«

»Bitte, bleib«, sagte er. »Wir feiern.«

Peggy sah wunderschön aus. Sie trug eine bunte Decke und hatte Blumen im Haar. »Ich wollte mich bei Ihrem Enkel für die Flöte bedanken«, sagte ich ein bisschen nervös. »Das hätte ich schon längst tun sollen, aber es war doch so viel los ...«

»Karuna ist nicht hier«, sagte er. »Wie läuft es denn mit dem Flötenspiel?«

»Ehrlich gesagt, gar nicht gut. Es ist so schwer.«

»Aber wenn du immer weiter übst, kommen bald die Vögel zum Zuhören an dein Fenster.« Er drehte sich zu seiner Familie um. »Das ist Gemma, eine Freundin von Karuna.«

Ich fand es schön, dass er das sagte. Eine Frau lächelte mich an. Mr Banerjees Tochter vermutlich. Sie sah umwerfend aus. »Das ist ein sehr großzügiges Geschenk, auch wenn es nur vorübergehend ist.«

»Das stimmt«, sagte ich. »Ich werde sehr gut auf sie aufpassen.«

Sie sah verwirrt aus. »Ich habe die Kuh gemeint.«

»Oh«, sagte ich.

»Mein Sohn hat mir von dir erzählt«, sagte sie lächelnd.

Mir ging auf, dass sie Karunas Mam war. Meine glühenden Wangen verrieten mich bestimmt. »Wie geht es Peggy?«, fragte ich.

»Gut«, sagte Mr Banerjee. »Sie hat ein gutes Herz und gibt mir viel Milch, weil sie frei ist, wie in Indien.«

»Ich bin auf dem Weg zu Kate. Ich sage ihr, dass Peggy sich gut eingelebt hat.«

»Vergiss nicht die Flötenstunden bei Karuna.«

»Werd ich nicht.« Es war mir alles schrecklich peinlich und ich wollte nur weg. »Tschüs.«

Einunddreißig

Das Wohnhaus war abgeschlossen und im Melkschuppen war niemand. Ich überlegte, wo Kate wohl sein könnte. Auf dem Rückweg kam ich an der Wiese vorbei, wo sonst immer die Kühe gegrast hatten. Das Gatter stand weit offen, deshalb sprang ich vom Rad und ging hinein. Die Wiese war verlassen. Ich wollte schon gehen, als ich etwas auf dem Boden sah.

»Kate!«, brüllte ich.

Ich ließ das Rad fallen und rannte los. Sicher suchten ihre Eltern nach ihr, und hier lag sie auf der Kuhweide und war tot.

Da hob sie den Kopf. »Was? Was ist los?«

Ich beugte mich keuchend über sie. »Nichts ist los. Ich dachte … alles in Ordnung bei dir?«

»Ja.«

Sie stand nicht auf – sie lag nur da und ich musste wieder an den Tag denken, als ich mich mitten auf die Straße gelegt hatte.

»Hab dich vermisst«, sagte ich. »Und mir Sorgen gemacht. Oma auch.« Ich wollte unbedingt wissen, was ihre Eltern gesagt hatten, als die Kühe nicht mehr da gewesen waren. Als sie nichts sagte, redete ich weiter. »Danke für die Landkarte. Ich werd jetzt nach der Stelle suchen.«

Sie sollte fragen, warum ich den Wasserfall unbedingt finden wollte, aber sicher hatte sie wichtigere Dinge im Kopf.

»Alle helfen zusammen, wenn es um die Kühe geht«, sagte ich. »Oma gibt morgen einen kleinen Kurs über Buttern und Käsemachen. Sie hat gesagt, sie tauscht Käse und Butter gegen Gras und Stroh und so ... Sie sagt, das erinnert sie an die alten Zeiten. Morris sagt, Donna gibt nicht viel Milch, aber ihm ist das egal. Ich glaube, er findet es einfach schön, dass sie da ist.«

Kate setzte sich auf und schaute über die Wiese, auf der die Kühe fehlten. Ich hielt es nicht mehr aus, deshalb setzte ich mich neben sie.

»Er hat die Defra angerufen. Er hat ihnen gesagt, dass die Kühe verschwunden sind.«

»Wer ist die Defra?«

»So eine Regierungsabteilung, die für Landwirtschaft und so zuständig ist. Denen muss man sagen, wenn Kühe verlegt werden, das ist vorgeschrieben.« Kate schüttelte den Kopf. »Bescheuert.«

»Wer? Dein Dad?«

»Nein!«, sagte sie mit Wut in den Augen. »Ich! Ich! Diese ganze Idee war doch nur bescheuert. Die Kühe in die Mawr zu bringen hat überhaupt kein Problem gelöst. Rein gar keins. Mein Dad kocht vor Wut. Er hatte schon eine Anzahlung für diesen Baumschredder gemacht, von dem er so viel geredet hat.«

»Und?«

»Überleg doch mal! Mostyn hat seine Wiese zurück, aber mein Dad ist ihm noch immer Geld schuldig. Er konnte ihn nur mit den Kühen bezahlen – unseren Kühen. Meine Eltern können nicht fassen, dass ich das getan habe, und ich kann das auch nicht.« Sie ließ den Kopf sinken. Ich hatte Angst, sie würde gleich losheulen. Kate Thomas, das Cowgirl, weinte doch nicht.

Ein Wagen kam schlingernd zum Halten, gleich vor meinem Rad auf dem Weg. Mr Thomas stieg aus seinem Lastwagen und kam auf uns zu. »Macht Spaß, was?«

Ich stand auf, Kate blieb sitzen.

»Wo sind sie?«

Er fragte *mich*. Ich war außer mir vor Angst.

»Was soll das denn?«, fragte er. »Wie willst du das alles in Ordnung bringen? Als ich Mostyn gesagt habe, ich könnte ihm keine Kühe mehr verkaufen, dachte er, ich wollte mir einen Witz erlauben. Und dieser Typ bei der Defra hat gesagt, ich solle zur Polizei gehen, und da muss ich sagen, ›na ja, sie sind nicht gerade gestohlen worden.‹ – ›Wie soll ich das verstehen?‹, fragt er. – ›Kate, meine Tochter, hat sie weggebracht.‹ – ›Wohin denn?‹, fragt er. ›Ich weiß nicht‹, sag ich. – ›Das entspricht aber gar nicht den Vorschriften‹, sagt er zu mir. Entspricht nicht den Vorschriften!« Seine Augen quollen hervor. »Was ihr getan habt, war der glatte Wahnsinn!«

»Du hast es nicht mal versucht, Dad!«

Kate war jetzt aufgestanden und zeigte auf ihn. »Ich hab damals verstanden, dass die meisten Kühe irgendwann geschlachtet werden mussten. Ich war traurig, aber ich wusste, dass es eben so sein musste. Dann kam die Maul- und Klauenseuche – die ›Pest‹, wie du sie genannt hast –, aber es war, als ob du sie gekriegt hättest und nicht die Kühe. Du bist vor Mostyn eingeknickt …«

»Eingeknickt! Die Kühe sind eine Belastung – mit Mostyn hat das nichts zu tun.«

»Du wolltest kein Bauer mehr sein, Dad, aber mir ging das anders und das hat sich *nicht* geändert!« Ihr liefen die Tränen übers Gesicht. »Opa hat das kommen sehen.«

»Schon als er noch lebte, war die Herde ein Verlustgeschäft«, sagte Mr Thomas genauso wütend. »Aber du willst das nicht einsehen.«

»Das habe ich nicht gemeint, ich habe *dich* gemeint!«, schrie Kate und stach mit dem Finger nach ihm. »Eines Tages war er im Melkschuppen und redete mit Oma über dich – sie wussten nicht, dass ich da war. Er hat gesagt, die Landwirtschaft liegt dir nicht. Da hatte er Recht, oder? Sie hat dir nie gelegen, Dad. Aber daran sind nicht die Kühe schuld! Sie haben nichts verbrochen. Rein gar nichts!«

Sie holte schluchzend Atem, dann lief sie hinaus auf die Wiese. Mir war klar, dass für Kate die Kühe alles gewesen waren, und jetzt waren sie nicht mehr da.

»Wo sind die Kühe?«, fragte er mich wieder.

Ich zitterte, aber nicht, weil ich mich fürchtete – ich kochte vor Wut. Ich fuhr herum und starrte ihm in die Augen. »Welche Kühe?«

Er ging zurück zu seinem Lastwagen, wütend genug, um möglicherweise mein Fahrrad zu überfahren. Ich stürzte auf den Weg hinaus und riss es weg.

Ich sah ihm nach, wie er davonfuhr. Es würde ganz schön viel Mühe machen, in jeder Straße der Mawr nach den Kühen zu suchen, und kein Mensch in der Mawr würde ihm verraten, wo genau sie waren.

Zweiunddreißig

Ich kam erst spät nach Hause, aber dann erfuhr ich von Oma, dass Mam zu ihr zum Essen unterwegs war.

Es war dunkel, als ich in die Gasse abbog. Ich hörte ein Muh und hielt an. Einen Moment lang fragte ich mich, was das für ein Geräusch war – ich hatte vergessen, dass es hier doch von Kühen wimmelte. Da musste ich lächeln und stieg vom Rad. Als ich bei Omas Gartentür ankam, sah ich auf dem Boden etwas Silbernes funkeln.

»Karuna!«

Er lag mit dem Gesicht nach unten und umklammerte mit einer Hand die Flöte. Ich bückte mich und drehte ihn um. Sein Auge war schlimm geschwollen und aus seinem Mund sickerte Blut. Er lächelte. »Meine Flöte haben sie nicht gekriegt.«

Ich hörte Schritte, richtete mich auf und rechnete mit dem Schlimmsten.

»Gemma?«

»Mam! Er ist zusammengeschlagen worden.«

Sie half mir, Karuna auf die Füße zu stellen, und wir brachten ihn in Mr Banerjees Garten. Mr Banerjees Kuh lag auf ihrem Strohlager. Sie blickte uns nervös an.

»Ist schon gut, Peggy«, sagte ich.

Mr Banerjee war wie immer gelassen und lächelte, aber als er Karuna sah, verhärtete sich sein Gesicht.

»Wir müssen die Polizei rufen«, sagte Mam.

»Nein«, sagte Mr Banerjee. »Ich rufe zuerst seine Eltern an.«

»Dann mache ich seine Wunden sauber«, sagte Mam. »Meinen Jungen würde ich nicht so rumlaufen lassen.«

Sie half ihm ins Haus und ging sofort in die Küche, als ob wir dort zu Hause wären, und fing gleich an, Karunas Wunden im Gesicht zu reinigen.

In Mr Banerjees Haus war ich noch nie gewesen. Es war so sauber. Es gab eine Statue eines Jungen mit einem blauen Gesicht, der Flöte spielte, und es gab Gemälde von Leuten mit Schwertern und Elefantenköpfen, wie aus einem Märchen.

»Au!« Karuna zuckte vor Schmerz zusammen.

»Nichts gebrochen«, sagte Mam.

»Wer war das, Karuna?«, fragte ich.

»Keine Ahnung. Sie kamen von hinten und wollten mir die Flöte wegnehmen.«

Er drückte die Flöte noch immer an sich. Sie war zerschrammt und beschädigt.

»Warum tut jemand so etwas?«, fragte Mr Banerjee. »Wir sind eine friedliche Familie und würden nicht dem kleinsten Geschöpf etwas zuleide tun.«

»So wollen wir hier in der Mawr neue Nachbarn nun wirklich nicht empfangen«, sagte Mam. »Es gibt überhaupt keinen Grund für so etwas. Ich schäme mich!«

»Wir können dafür sorgen, dass es aufhört!«, sagte ich. Ohne dass ich es wollte, sprach ich ein bisschen lauter. »Ich hab es so satt, Mam. Wir können dafür sorgen, dass es aufhört, wenn wir das wollen.«

»Ich hab es auch satt«, sagte sie. »Nicht alle hier sind so, nur ein paar, die nicht wissen, was sie tun oder warum.«

»Ihre Tochter hat Recht«, sagte Mr Banerjee. »Wir können wirklich dafür sorgen, dass es aufhört.«

Wir hatten uns nie bemüht, Mr Banerjee näher kennenzulernen, und dabei lebte er schon seit Jahren neben Oma. Er ist ein reizender Mann, aber es ist komisch, wie man beschließen kann, jemanden nicht zu mögen, einfach so, und dann überlegt man sich die Sache anders – so ähnlich war es mir auch mit den Kühen gegangen.

Karuna hob die Flöte an den Mund und blies hinein. Ihr Klang füllte das Zimmer, ganz hell und rein. Ich sah zu, wie seine Lippen über dem Loch ruhten und wie seine Finger die Klappen berührten. Es war schön, aber plötzlich war es mir auch sehr peinlich, weil mir aufging, dass ich ins falsche Loch geblasen hatte.

»Ist heil geblieben«, sagte er lächelnd. »Wir könnten morgen eine Stunde Unterricht machen.«

Ich nickte, sah Mam dabei aber nicht an.

Wir gingen schweigend zu Oma nach nebenan, dann sagte Mam: »Jetzt weiß ich, was das für ein Tuten war.« Ich wollte ihr nicht sagen, dass ich ins falsche Loch geblasen hatte – nicht, dass es viel besser geklungen hätte, wenn es das richtige gewesen wäre. Also schwieg ich.

»Warum hast du mir nicht gesagt, dass er dir eine Flöte geliehen hat?«, fragte sie.

»Ich dachte, du würdest mich vielleicht auslachen.«

»Wieso das denn? Das war doch sehr nett von ihm.«

Ich hatte irgendwie mit einer spöttischen Bemerkung gerechnet.

Beim ganzen Essen war Mam schweigsam, sie sagte nur wieder, Darren und ich hätten ihr sagen müssen, was wir vorhatten. Oma war wegen der Sache mit Karuna außer sich. Es machte sie traurig, nachdem das mit den Kühen und alles andere so schön gewesen war.

Als wir an diesem Abend schlafen gingen, kam ich aus dem Badezimmer und trat auf den Treppenabsatz. Ich konnte Mams ausgestreckte Beine sehen, sie saß unten vor dem Fernseher. Neben ihr auf dem Sofa lag ein Haufen Wäsche. Sie war allein.

Dad müsste bei ihr sein, dachte ich. Ihr Gesellschaft leisten.

Ich merkte, wie die Wut in mir aufstieg.

»Was machst du denn da?«, flüsterte Darren in seiner Zimmertür.

»Nichts.«

»Was glaubst du, wer den von nebenan zusammengeschlagen hat?« Er feixte. Ich ging zu ihm und es fiel mir schwer, mich zu beherrschen.

»Du findest das wohl komisch, was, Darren?«

Er zuckte mit den Schultern.

»Soll ich Oma sagen, dass du es komisch findest, dass Karuna zusammengeschlagen worden ist? Ich kann mir vorstellen, dass sie das anders sieht.«

»Ist schon gut, tut mir leid.«

Das erlebte ich zum ersten Mal – dass Darren sich entschuldigte. Ich ging in mein Zimmer und schloss die Tür. Ich dachte daran, wie oft ich »die von nebenan« gesagt hatte. Und an alles, was Sian vor meinen Augen getan hatte, und auch daran, wie sie andere mit furchtbaren Namen belegt hatte, und ich hatte nichts gesagt. Ich war keine Heilige.

Es klopfte. »Was?«

»Gary Tobin hat dein Rad geklaut.«

Ich öffnete die Tür. Darren wich zurück. »Ich wusste nicht dass er das vorhatte, Gemma, echt nicht. Ich hab ihn beobachtet, aber ich hatte Angst davor, ihn zu verpfeifen, weil er mir sonst was tun könnte – er ist ein mieser Typ.«

Mir ging auf, dass auch er den gemeinen Leuten aus der Mawr ausgeliefert war, so wie ich, und ich sah auch, dass er Angst hatte, und meine Wut löste sich auf. »Schon gut«, sagte ich. »Hab's ja wieder.«

»Ihr zwei!«, rief Mam von unten. »Ins Bett!«

»Ja, Mam«, brüllten Darren und ich runter.

»Ich versuch, rauszukriegen, wer Karuna zusammengeschlagen hat«, flüsterte Darren.

Ich nickte und ging in mein Zimmer.

Dreiunddreißig

Der letzte der drei Kreise, die Kate auf die Karte gezeichnet hatte, lag von der Bryn Mawr am weitesten entfernt – an die fünfzehn Meilen. Ich wurde schon müde und fragte mich langsam, ob Dad wirklich so viel weiter mit uns gefahren war, als ich gedacht hatte. Dann konnte der Wasserfall auch hundert Meilen weg liegen oder sogar in England.

»Nein«, sagte ich laut. »Das war ein walisischer Wasserfall.«

Ich strampelte bergauf zu der letzten auf der Karte markierten Stelle. Dort war ein kleiner Parkplatz und ein Schild mit der Aufschrift *Maes-glas-Wald*. Der Platz war menschenleer. Ein Pfad führte in den Wald. Ich stieg vom Rad und schob es weiter.

Es war ein bisschen unheimlich und ehrlich gesagt hatte ich sogar Angst, vor allem, als ich auf meinem Handy sah, dass ich kein Netz hatte. Ich war meilenweit von zu Hause weg und hatte Mam nichts gesagt. Sie hätte gefragt, wohin ich wollte, und dann hätte sie vielleicht gesagt, das sei Unsinn. Aber ich wollte mir die Stelle doch nur noch einmal ansehen.

Die Blätter raschelten im Wind und das machte alles noch unheimlicher. Nichts wirkte vertraut, aber ich war ja erst ein Mal hier gewesen, vor Jahren. Der Wind wurde stärker, aber ich hörte noch etwas anderes – und zwar Wasser. In der Nähe musste es einen Fluss oder einen Bach geben; sonst hätte Kate die Stelle ja auch nicht auf der Karte gekennzeichnet.

Ich kam zu einem Tor, konnte das Fahrrad aber nicht durchschieben, deshalb schloss ich es ab und ging zu Fuß weiter.

Der Pfad wurde steil, fast wie eine Treppe, und das Rauschen des Wassers wurde lauter. Als ich unten angekommen war, ging ich unter einigen tief hängenden Zweigen hindurch und dann sah ich den Wasserfall. Es war wirklich derselbe. Der, unter den Dad und Darren die Köpfe gesteckt hatten. Ich war am Ziel. Der Wasserfall kam mir aber irgendwie kleiner vor – in meiner Erinnerung war er größer und lauter.

Aber wo waren der riesige Baum und die Wiese? Als ich mich umsah, ging mir auf, dass wir im Sommer hier gewesen waren – jetzt war die Wiese total überwuchert. Ich drehte mich um und stellte fest, dass ich mitten unter dem riesigen Baum stand. Es war genau der, an den ich mich erinnerte, nur dass er jetzt keine Blätter hatte.

Ich hielt die Hand ins Wasser. Es war eiskalt.

Ich sah zu, wie der Wasserfall sprudelte und wirbelte und einfach immer weitermachte und ich hatte wieder dieses Trance-Gefühl.

»*Woher kommt das Wasser, Mam?*«, hörte ich mich damals fragen.

»*Regen*«, sagte sie.

»*Aber wenn es aufhört zu regnen, wird dann auch das Wasser alle?*«

»*In Wales hört es nie auf zu regnen.*«

Es kam mir unwirklich vor, als ich dort stand und das Wasser herabströmen sah, fast, als ob es versiegen würde, sowie ich wegginge.

»Mam!«, rief ich. »MAM! DAD!« Ich schrie, als ob ich in Not wäre.

Keine Antwort, nur das Geräusch des immer fallenden und fallenden Wassers. Ich spürte, wie die Wut in mir aufstieg. Ich weiß nicht, warum – der Ort hier trug doch keine Schuld.

Ich zog meine Schmuckschatulle hervor und öffnete sie. Ich schaute mich auf der Wiese um, wo Darren und ich auf Entdeckungstour gegangen waren, während Mam und Dad ein Nickerchen gemacht hatten. Ein anderer Ort. Ich kippte die trockenen Grashalme und Blätter aus, dahin, woher sie gekommen waren.

Ich war den ganzen Weg hierhergekommen, aber der Ort war nicht derselbe.

Warum hatte ich geglaubt, er würde das sein?

Vierunddreißig

Die Mawr hatte sich verändert. Das lag an den Kühen, meinte Oma und damit hatte sie Recht. Jede Menge Leute kam zu Omas Butter-und-Käse-Kursen. Überall, wohin ich kam, wurde über die Kühe geredet. Die Menschen brachten Heu oder Gras oder eine Decke und bekamen dafür frische Milch, Butter oder Käse. Mir fiel auf, dass die Kühe richtig verwöhnt wurden: Frisches Heu wurde ausgestreut, damit sie es weich hatten; sie wurden gestriegelt und gesäubert und die Höfe und Gärten wurden geputzt. Morris hatte sogar ein Bild von Bäumen und Gras an seine hintere Mauer gemalt – er sagte, damit Donna etwas zu sehen hätte.

Die Leute sagten, ihre Kühe hätten ihre eigene Persönlichkeit: Einige waren unruhig und andere gelassen, einige muhten viel, andere gar nicht. Maves Kuh war neugierig und steckte den Kopf durch das Gartenfenster, als ob sie ins Haus wollte. Ich hörte Roger behaupten, seine Kuh, Rhiannon, liebe Opern.

Mam war neugierig, wie alle anderen, und ging zu Oma, um zu sehen, was alles los war, und darüber freute ich mich. Sie scherzte, dass die Kühe mehr Aufmerksamkeit bekamen als ein Dutzend frischgeborener Babys.

Die Leute redeten auch über den Überfall auf Karuna.

»Furchtbar, das mit Mr Banerjees Enkel. Es gibt einfach schlechte Menschen.«

»Ja, der Bodensatz aus den Kloaken, das sind sie.«

»Abschaum«, sagte Darren und schaute zu mir herüber.

Es war, als ob alle mit ihren Worten das Böse aus der Mawr vertreiben wollten.

Eines Nachmittags schnüffelte ein Reporter herum und stellte Fragen, aber als Antwort bekam er nur: »Kühe? Was denn für Kühe?«

Aber am meisten veränderten sich die Kinder. Leute wie Roger sagten, sie würden bald das Interesse verlieren, aber das taten sie nicht. Sie kamen immer weiter, sobald die Schule aus war.

Einmal sah ich, dass Sian ihren Bruder anmachte, weil er Morris mit Donna geholfen hatte.

»Kann dir doch egal sein«, sagte Ryan zu ihr.

»Warte nur, bis Mam hört, dass du dem Verrückten Morris hilfst«, sagte sie.

Ryan zuckte mit den Schultern. »Sag es ihr. Mir doch egal. Und übrigens ist er gar nicht verrückt.«

Sian sah, dass ich zuhörte. »Was glotzt du denn so?«

Ich starrte zurück. »Nichts«, sagte ich. »Ich glotze gar nicht.«

Sie stand da mit Karen, Tracy und Jo, um sie herum war die Hölle los – Kinder rannten von den Gärten in die Gasse und zurück und misteten aus. Die vier waren ausgeschlossen und daran waren sie nicht gewöhnt. Denselben Ausdruck sah ich auf den Gesichtern der Tobin-Brüder. Es war so, als ob sie nicht ertragen könnten, dass alle zusammenarbeiteten – es gab kein »sie oder wir«, es gab einfach nur alle.

Mir ging auf, dass die Tobins und die Sians weiterstreiten wollten, als ob ihr Leben davon abhinge. Sie waren wütend auf irgendetwas und ich wusste, was das für ein Gefühl war, aber ich wollte dieses Gefühl nicht mehr.

Fünfunddreißig

Saraswati ist die Hindugöttin der Kraft und der Kreativität. Das hat Karuna mir gesagt. Göttin, stellt euch vor, kein Kerl – und sie ist sehr mächtig. Interessant, dass die Hindus so viele Götter und Göttinnen haben. Am besten fand ich Durga. Die erschlägt Dämonen, reitet auf einem Löwen und hat zehn Arme – ganz schön nützlich, was?

Ich erfuhr, dass der blaue Junge in Mr Banerjees Haus Krishna war. Er ist ein Gott und ein Kuhhirte. Alle Kuhhirtinnen waren offenbar verliebt in ihn. Mr Banerjee erzählte mir, dass in Indien die Kühe einfach so auf der Straße herumlaufen, weil sie dort verehrt werden. Ich glaube, Peggy war für ihn mehr als nur eine Kuh; er sagte sogar, Gott habe sie ihm geschickt.

Mr Banerjee machte uns Tee und Butterbrote, während Karuna mir endlich eine Flötenstunde gab. Zuerst musste ich über einen Flaschenhals blasen, was mir peinlich war. Karuna war so geduldig, als ob er mir das wirklich beibringen wollte, und das machte ihn noch wunderbarer.

»Spiel mir was vor«, bat ich.

»Was soll ich denn spielen?«

»Egal.«

Er überlegte kurz und sprach dann über das Stück, mit dem er sich gerade beschäftigte, von einem gewissen Bark. Ich nickte, als ob ich wüsste, wovon er da redete.

Beim Spielen schloss er die Augen. Sein Kopf wiegte sich sanft, die Flöte dagegen schien die ganze Zeit in derselben Position zu bleiben, als ob das Instrument Karunas Körper steuerte und nicht umgekehrt. Ich bereute, ihn gebeten zu haben, denn kaum hatte er zehn Sekunden gespielt, da brach ich in Tränen aus. Ich heulte nicht laut rum, aber mir liefen Tränen über die Wangen.

Die Musik brachte alles an die Oberfläche. Sie war traurig, aber auch warm und anheimelnd. Alles wurde in diese zwei Minuten gepresst, in denen er spielte. Ich dachte daran, wie verschieden Karuna und ich waren, als ob wir von verschiedenen Planeten stammten. Sowie er fertig war, sprang ich auf. »Ich muss los.«

»Stimmt irgendwas nicht?«

Ich schüttelte den Kopf. »Danke«, sagte ich. »Das war ...« Das einzige Wort, das mir einfiel, war eins, das ich wohl in meinem ganzen Leben noch nicht gesagt hatte. »Das war traumhaft.«

Mr Banerjee lächelte mich an, als ob er genau wusste, was mit mir los war.

Draußen rieb ich mir die Wangen trocken und atmete tief durch. Ich konnte Kuhkacke riechen, aber das ist kein fieser Geruch – es riecht einfach nach Land.

Peggy starrte mich an. Ich berührte sie und mir ging wieder auf, wie weich sich Kühe anfühlen, wie Samt. Ich streichelte sie und streichelte sie.

Wieso fürchten sich manche Leute nur vor Kühen? Sie sind wunderschön.

Ich hatte ein gutes Gefühl, als ob alles in Ordnung kommen würde. Aber dann ging Morris mit Donna zum Park.

Sechsunddreißig

Als ich dort ankam, hatte sich eine kleine Menschenmenge um Morris versammelt, der Donna an einem Strick führte. Mein Herz hämmerte wie wild, da ich jeden Moment mit der Polizei rechnete.

»Was soll das denn, Morris?«

»Ihr war langweilig«, sagte er. »Brauchte mal Bewegung. Jede Menge frisches Gras, das hier einfach so rumwächst.«

»Ist das eine vom Bryn-Mawr-Dutzend?«, fragte eine Passantin.

»Ja, genau«, sagte Morris. »Hat ihr verdammt gutgetan, das hier. Aber vielleicht fehlen ihr die anderen, meinst du nicht?«

»Kann sein«, sagte ich. »Aber bring sie jetzt zurück, Morris.«

In Omas Haus sahen alle düster aus. Kate war gekommen und auch Mr Banerjee, Roger, Polly und noch einige andere.

»Vielleicht ist es nur noch eine Frage der Zeit, bis sie gefunden werden«, sagte Oma.

»Dieser verdammte Morris!«, knurrte Roger. »Dem werd ich aber die Meinung geigen!«

»Das lässt du schön bleiben«, fauchte Oma. »Er wollte nur das Beste für Donna. Diese Kühe geben uns viel und im Gegenzug schulden wir ihnen auch etwas. Es war sehr schön, dass Jane hier war, aber ich habe ein schlechtes Gewissen. Ich hab nur an mich gedacht.« Sie sah Kate an. »Ein Wort von dir, und sie können alle zurück auf ihre Weide.«

»Nein, Lil, nicht!«, sagte Mave. »Meine Maisy hat sich so schön eingewöhnt.«

Jetzt redeten alle durcheinander.

»Wir dürfen nicht über sie entscheiden«, schrie Oma. »Die Kühe gehören Kate und Mr Thomas, und wenn es das Beste ist, sie zurückzubringen, dann werden wir sie zurückbringen.«

»Nein, Oma!«

Darren kam aus dem Garten hereingerannt. »Gib sie nicht zurück, bitte! Dann müssen sie doch sterben.«

Das machte mich fertig – zuletzt war Darren so außer sich gewesen, als Mam ihm für einen Abend die Videospiele verboten hatte.

»Sei jetzt still, Darren«, sagte Oma. »Ich war ja begeistert davon, wie du dich um die Kuh gekümmert hast – du warst wie ausgewechselt –, aber die Sache kann nicht ewig so weitergehen.«

»Warum gibst du nicht diesem Reporter ein Interview, Oma?«, fragte ich. »Der hier rumgelungert hat.«

»Warum?«

»Na ja, vielleicht würde es helfen, wenn noch mehr Leute von den Kühen wüssten ... vor allem, wenn sie wüssten, dass die Kühe getötet werden sollen?«

»Ich weiß nicht, Gemma. Es könnte auch das Gegenteil bewirken. Soll ich mal mit deinem Vater sprechen, Kate?«

Kate schüttelte den Kopf. »Er ist zu wütend«, sagte sie. »Er redet im Moment ja nicht mal mit mir. Außerdem sind die Kühe jetzt hier. Wir tun ihnen keinen Gefallen, wenn wir sie schon wieder verlegen.«

»Aber sie gehören noch immer euch, Kate«, sagte Oma. »Das haben wir nicht vergessen.«

Wir gingen hinaus in die Gasse. Kate und ich sahen zu, wie alle in den Gärten aus und ein liefen. Sie sah verloren aus.

»Möchtest du mein Rad leihen?«, fragte ich.

»Nein.«

»Aber zu Fuß brauchst du eine Ewigkeit nach Hause.«

»Nein!«, fauchte sie und wandte sich ab.

Ich wollte schon zurückfauchen, aber als ich sie durch die Gasse trotten sah, fiel mir ein, dass wir ihre Kühe hatten und ihr nur die miese Stimmung zu Hause blieb. Ich hätte ihr gern geholfen, aber dann fiel mir ein, wie die Frau die Kühe genannt hatte.

»Das Bryn-Mawr-Dutzend«, sagte ich laut.

Es klang, als ob sie berühmt wären.

Siebenunddreißig

Wir saßen im Zug und waren unterwegs zu Dad, aber ich konnte nur an die Kühe denken.

Eigentlich fuhr ich gerne Bahn, aber jetzt wäre ich lieber in der Mawr gewesen und das war mir noch nie passiert. Mam hatte das *South Wales Echo* auf dem Tisch aufgeschlagen, weil dort ein Artikel über die Kühe stand. »Das Geheimnis des Bryn-Mawr-Dutzends« war die Überschrift.

»Die Kühe hätten die Mawr wirklich verändert, so ein anonymer Anrufer. ›Und alle lieben sie.‹ Niemand will verraten, wo die Kühe sind, aber Rhys Morgan vom Stadtrat gibt zu: ›In der Bryn Mawr ist alles seltsam ruhig. Nach Polizeiangaben sind die Fälle häuslicher Gewalt zurückgegangen und wir hatten schon eine Weile keinen Einbruch mehr. Ich habe zwar keine Kühe gesehen, aber ich habe durchaus spätabends schon ein Muh gehört …‹«

Mam schüttelte den Kopf. »Eure Oma regt sich schrecklich

über diesen Artikel auf. Sie nimmt an, dass der Anrufer wohl Roger war, aber er schwört, dass das nicht stimmt.«

Ich merkte, wie ich rot wurde, und ich hoffte, dass Mam nichts merken würde.

»Meinst du, die Kühe sind noch da, wenn wir zurückkommen?«, fragte Darren.

»Klar«, sagte ich, war mir aber gar nicht sicher.

Ich hatte ein komisches Gefühl im Zug, irgendwie war ich total angespannt, aber das lag nicht nur an den Kühen.

Als Mam die Brote auspackte, die sie als Reiseproviant geschmiert hatte, hatte ich schon Angst, alle könnten mit Fleisch belegt sein. Ich wollte keinen Streit, schon gar nicht jetzt, wo mir so komisch war. Sie reichte mir ein in Alufolie gewickeltes Brot und sagte: »Das ist mit Käse und Tomaten, wo du doch jetzt Vegetarierin bist.«

Das war wirklich eine Überraschung. »Danke.«

Ich schaute aus dem Fenster und sah Kühe auf den Weiden. Bei meinem ersten Besuch bei Dad hätte ich sie überhaupt nicht beachtet, aber hier saß ich, Gemma Matthews, und hielt Ausschau nach Kühen wie nach Löwen bei einer Safari.

Als wir ankamen, mussten wir ins Wartezimmer, wo es immer von Freunden und Verwandten wimmelt, die irgendwen besuchen wollen. Daran konnte ich mich einfach nicht gewöhnen. Ich hatte immer das Gefühl, wir alle würden mitbestraft, und ich wollte sowieso nicht hier sein, jetzt nicht. Dann wurden Namen aufgerufen und wir durften weiter.

Dad grinste uns an, als wir hereinkamen. Wir umarmten ihn und setzten uns. Mam zeigte ihm den Zeitungsartikel. Er lachte. »Die Mawr überrascht mich doch immer wieder«, sagte er. »Eure Oma sollte ihre Kuh verkaufen, solange die Gelegenheit günstig ist.«

»Wie meinst du das?«, fragte ich.

»Na, ich wette, sie könnte irgendwen finden, der sie ihr abnimmt«, sagte Dad. »Ist bestimmt ein paar Kröten wert, denk ich mir.«

»Nein, Dad«, sagte Darren. »Sie ist fantastisch.«

»Ich glaube, sie würde die Kuh nicht für eine Million verkaufen, Rob«, sagte Mam. »Sie hat sie wirklich lieb gewonnen, und ihre Nachbarn – von denen haben sich auch einige eine zugelegt.«

»Sieh an«, sagte Dad, aber es interessierte ihn nicht.

Mam redete über alles Mögliche und dann erwähnte sie eine hohe Gasrechnung, die sie bezahlen musste.

Dad nickte. »Das ist ganz schön viel, oder?«

»Genau, Robbie. Wie du sagst, es ist ganz schön viel«, sagte Mam. »Wir wollen ja nicht frieren.«

»'türlich nicht – hab auch nie das Gegenteil behauptet.« Er sah mich an. »Was ist eigentlich los mit dir?«

»Nichts«, sagte ich, aber mir war komisch, zittrig irgendwie.

»Gemma lernt jetzt Flöte, Robbie«, sagte Mam.

»Wozu das denn?«

»Damit sie irgendwann spielen kann, Robbie«, sagte sie. »Warum lernt man denn ein Instrument? Sie bekommt Unterricht bei Mr Banerjees Enkel – er hat ihr die Flöte geliehen.«

»Banerjee?«, fragte Dad.

»Genau«, sagte Mam. »Nett von ihm, findest du nicht?«

»Wie alt ist dieser Enkel denn?«

Es gefiel mir nicht, dass er das fragte. Das zittrige Gefühl wurde schlimmer.

»Vierzehn, fünfzehn«, sagte Mam.

»Ist es denn richtig, dass sie ganz allein durch die Gegend läuft?«, fragte er, als ob ich gar nicht da wäre.

»Das ist schon gut, Robbie«, sagte Mam. »Da passiert nichts.«

Ich merkte, wie ich mich immer mehr aufregte.

»Oma macht jetzt Käse, Dad«, sagte Darren.

»Und Butter«, sagte Mam. »Du solltest sie mal sehen!«

Er nickte. »Es gefällt mir gar nicht, dass Gemma allein da nach nebenan geht.«

»Du kannst mich nicht daran hindern, Dad.«

Das sagte ich laut und alle sahen mich an.

»Was hast du gesagt?«

»Mam kann mich daran hindern, aber du nicht, du sitzt ja schließlich hier.«

Er war geschockt. »Gemma, red nicht so mit mir!«

Es war mir egal, dass er sich ärgerte – ehrlich gesagt gefiel es mir sogar. »Was machst du hier eigentlich?«, fragte ich.

»Wie?«

»Ich kenne in der Schule keine anderen mit einem Dad im Knast. Neulich ist mein Rad geklaut worden und Kate hat es mir zurückgeholt. Nicht du, sondern Kate.«

»Wer ist Kate?«

»Ist egal.« Ich stand auf. »Jemand hat mein Rad geklaut, aber ich konnte dich nicht um Hilfe bitten, weil du hier bist.« Er riss die Augen auf. »Du kriegst überhaupt nichts mit, Dad. Die Mawr ist jetzt anders, aber du hast keine Ahnung davon, weil du hier drinnen sitzt. Du kriegst was zu essen und brauchst nicht zu frieren. Mam arbeitet. Sie bezahlt die Rechnungen. Sie kauft das Essen. Sie tut alles, was Mams eben tun. Und du …«

Ich zeigte mit zitternder Hand auf ihn. Ich war so wütend auf ihn – wütend, weil er im Gefängnis saß, wütend, weil Mam immer erschöpft und jeden Abend allein war; wütend, weil Kühe so ein kurzes Leben haben, und wütend, weil der Wasserfall nicht derselbe gewesen war. Wütend, wütend, wütend.

»Oma hat gesagt, du bist nutzlos«, sagte ich. »Und sie hat Recht. Solange du hier sitzt, bist du so nutzlos wie eine Zitze an einem Bullen!«

Ich lief aus dem Raum.

Auf der Rückfahrt schlief ich ein und träumte von frei laufenden Kühen in Indien. Als ich aufwachte, sah ich Mam an und sie lächelte. Ich wusste gar nicht mehr, wann sie mich zuletzt angelächelt hatte. Darren war still, er schaute einfach nur aus dem Fenster. Dann kam für Mam eine SMS. »Ich glaub es nicht!«, sagte sie, als sie gelesen hatte.

»Was denn?«, fragten Darren und ich im selben Augenblick. »Geht es um die Kühe?«

Mam nickte.

»Oh nein!«, sagte Darren. »Sind sie nicht mehr da?«

»Nein«, sagte Mam. »Eure Oma ... sagt, sie sind im Fernsehen.«

Achtunddreißig

Bei Oma drängten wir uns vor dem Fernseher zusammen. Sie hatte es schon gesehen, aber wir mussten auf die Sechs-Uhr-Nachrichten auf BBC Wales warten.

Ich traute meinen Augen nicht.

Ein Reporter spazierte durch den Park in der Mawr.

»Die Bryn-Mawr-Siedlung landet oft aus ganz anderen Gründen in den Nachrichten«, sagte er. »Normalerweise berichten die Bewohner von Alltagskriminalität, Einbrüchen, geknackten Autos, Graffiti und Einschüchterung. Eine ältere Dame, mit der ich gesprochen habe, sagte, bis vor kurzem habe sie sich nicht einmal mehr allein aus dem Haus getraut. Aber hier hat sich vieles verändert – es ist ruhig in der Siedlung, die Verbrechensrate ist gesunken, und wenn wir Gerüchten Glauben schenken können, dann hat ein Tier für diese Veränderung gesorgt. Und zwar keine Katze und kein Hund, sondern eine Kuh. Eine Milchkuh.«

Er ging zu einem Gartentor an der Gasse. Kinder drängten sich um ihn. »Da ist Jamie!«, rief Darren.

Der Reporter betrat den Garten und da stand eine Kuh.

»Niemand wollte mir verraten, woher diese Kuh stammt«, sagte er. »Und überraschender noch ist, dass es nicht die einzige ist: Ich habe gehört, dass es ein rundes Dutzend gibt. Zwölf Kühe sind über die Bryn Mawr verteilt und für jede ist ein Zuhause gefunden worden. Einer der Kuhbetreuer war zu einem Interview bereit, wollte aber unerkannt bleiben.«

»Ich liebe diese Kuh«, sagte der Betreuer. Obwohl er der Kamera den Rücken zukehrte, konnte ich Roger erkennen. »Sie verlangt nichts, nur Gras. Und ich weiß nicht, wieso, aber ich fühle mich ruhig, wenn ich in ihrer Nähe bin. Verstehen Sie, was ich meine?«

»Woher kommt diese Kuh?«, fragte der Reporter.

»Das kann ich nicht sagen und ich kann sie nicht zurückgeben. Jetzt nicht mehr. Wir gehören zusammen, verstehen Sie.«

»Wussten Sie, dass vom Hof von Nigel Thomas ein Dutzend Kühe verschwunden ist?«

»Ich weiß nur, dass diese Kuh glücklich ist, gut genährt wird und großzügig Milch gibt. Dass sie noch Jahre leben kann. Ich meine, wo wären Sie denn lieber – am Leben und gut versorgt oder tot an einem Schlachterhaken?«

Der Reporter stand jetzt wieder neben der Kuh. »Vorhin habe

ich mit Ron James gesprochen, einem Milchmann hier in der Mawr.«

»In der letzten Woche ist der Milchverkauf drastisch zurückgegangen«, sagte der Milchmann. »Und wenn das an diesen Kühen liegt, über die ich gehört habe, na, das nenn ich Ironie, was? Ich hab nichts gegen Kühe – ich bin schließlich Milchmann –, aber die gehören auf einen Bauernhof und nicht mitten in die Stadt.«

Der Reporter stand jetzt wieder im Park. »Wir haben versucht, mit Nigel Thomas zu sprechen, dem Besitzer der verschwundenen Kühe, aber er hat ein Interview abgelehnt. Das Rätsel des sogenannten Bryn-Mawr-Dutzends bleibt vorerst ungelöst. Zwei Dinge stehen aber fest: Diese Siedlung ist nicht mehr dieselbe und diese Geschichte ist noch nicht zu Ende.«

Mir war total elend. Oma, Mam und Darren grinsten, aber ich hatte so ein schreckliches Gefühl – das war kein Spiel, sondern bitterer Ernst.

»Weißt du, wer die Zeitung informiert hat?«, fragte Mam Oma.

»Nein. Aber wer immer es war, diese Person hat uns einen Gefallen getan, finde ich.«

»Nein, hat sie nicht«, sagte ich.

»Wieso nicht?«, fragte Oma.

Ich holte tief Luft. »Ich hab die Zeitung angerufen.«

»Du?«

»Ja, und ich wünschte, ich hätte das nicht getan. Das war blöd. Ich dachte einfach, wenn mehr Leute von den Kühen wüssten, würde das irgendwie helfen. Aber jetzt waren sie im Fernsehen! Die Sache ist uns über den Kopf gewachsen. Eigentlich müssten wir sie alle nach draußen bringen, wie Morris das mit seiner Kuh gemacht hat.«

»Warum?«, fragte Oma.

»Na ja, bestimmt hat Mr Thomas die Nachrichten gesehen. Er ist ja nicht blöd. Er wird bestimmt herkommen und sie zusammentreiben. Unsere einzige Chance liegt darin, dass er sieht, wie sehr alle die Kühe lieben. Dann überlegt er es sich vielleicht anders.«

»Können wir sie nicht einfach jeden Abend in einen anderen Garten bringen?«, schlug Darren vor. »Dann findet er sie nie.«

»Die Kühe wären uns da aber gar nicht dankbar«, sagte Oma. »Nein, deine Schwester hat Recht. Wozu sollen wir sie jetzt noch verstecken?« Sie seufzte. »Wir sollten den ersten Zug machen und sie rausbringen.«

»Und wir sollten Mr Thomas Bescheid sagen«, sagte ich.

»Stimmt«, sagte Oma. »Sie gehören ihm.«

»Und der Defra«, fügte ich hinzu.

Oma nickte. »Ich rufe Mr Thomas sofort an.«

»Lass mich zu ihm fahren und es ihm sagen«, sagte ich. »Ganz offen zu ihm sein.«

»Wir können ihn anrufen«, sagte Mam. »Es ist spät.«

»Ich möchte es ihm selbst sagen und ich möchte auch Kate sehen.«

»Dann fahr, aber du musst sofort zurückkommen.«

»Genau«, sagte Oma. »Ich geh inzwischen auf eine Besuchsrunde. Hoffen wir, dass es funktioniert.«

Neununddreißig

Mir schlug das Herz bis zum Hals, als ich an die Tür des Wohnhauses klopfte. Die Tür wurde geöffnet und Mr Thomas starrte auf mich herunter.

»Bringst du die Kühe zurück, oder was?«

Ich wartete darauf, dass er mich einließ, aber das tat er nicht.

»Nigel«, hörte ich Kerry hinter ihm.

Mr Thomas stieß die Tür auf. Ich ging hinein und drinnen stand Kerry neben der am Tisch sitzenden Kate. Alle drei warteten ab, bis ich etwas sagte.

»Wir wollen ...« Meine Stimme war fast ein Flüstern. »Wir wollen morgen früh alle Kühe in den Park in der Mawr bringen. Wir werden sie nicht mehr verstecken.«

»Hat ja auch keinen Sinn, nachdem ihr sie in der Glotze gezeigt habt, was? Habt ihr die Defra schon informiert?«

»Das macht meine Oma gerade.«

»Damit ist die Sache noch nicht zu Ende, ist dir das klar?«, fragte Mr Thomas. »Ich werde euch auf Schadensersatz verklagen.«

Ich schaute zu Kate hinüber, aber die starrte die Tischplatte an.

»Soll ich dir den Witz der Sache erzählen? Und das kannst du allen sagen, die mir eine Kuh gestohlen haben«, sagte Mr Thomas. »Mostyn will sie gar nicht mehr. Jetzt, wo die Geschichte in der Glotze und in den Zeitungen war, will er sie nicht mehr. Er will natürlich sein Geld, aber die Kühe will er nicht. Es gibt hier keine weiteren Milchbauern, also komme ich am schnellsten zu Geld, wenn ich die Kühe sofort in den Schlachthof bringe. Und ihr habt euch eingebildet, sie zu retten!«

»Es war eine verrückte Idee, Liebes«, sagte Kerry. »Es hat alles nur schlimmer gemacht.«

Ich spürte, wie meine Zuversicht Stückchen für Stückchen schwand. »Na ja«, sagte ich. »Jedenfalls warten die Kühe morgen früh im Park.«

»Gut. Du kannst Kate helfen, sie hier hochzutreiben.«

Ich sah die kleine traurige Kate mit dem gesenkten Kopf an. Ich hätte so gern etwas gesagt, irgendetwas, aber ich kam mir vor wie ein dummes Kind.

Draußen stieg ich auf mein Rad, aber als ich losfuhr, fehlte meinen Beinen die Kraft, in die Pedale zu treten. Ich konnte nur daran denken, was Oma und alle anderen in der Mawr sagen würden, wenn ich ihnen erzählte, dass Jane, Donna und das restliche Bryn-Mawr-Dutzend zum Schlachthof gebracht werden sollten.

Ich hielt oben am Hang an und starrte hinunter auf die funkelnden Lichter der Bryn-Mawr-Siedlung. Sie kam mir vor wie eine Spielzeugstadt, unwirklich. Als ich den Hügel hinabfuhr, kam mir eine andere Idee. Vermutlich war sie auch dumm, aber mir war jetzt alles egal.

Ich bog von der Straße ab und hielt vor dem Eingang zu Mostyns Hof – der einfach riesig war.

Ich fuhr die Auffahrt hoch, aber noch ehe ich das Wohnhaus erreicht hatte, kam ein großes schwarzes Auto auf mich zu. Der Fahrer war hinter das Lenkrad gequetscht, obwohl der Wagen riesig wie ein Bus war. Er hielt an und das Fenster vor mir öffnete sich sirrend.

»Verirrt?«, fragte er.

»Sind Sie Mr Mostyn?«

»Bin ich.«

Er hatte einen Schmerbauch und ein rotes Gesicht, als ob er gleich losbrüllen würde.

»Meine Oma hat eine von Ihren Kühen.«

Er runzelte die Stirn. »Du meinst, deine Oma hat eine von Nigel Thomas' Kühen gestohlen. Meine sind das nicht.«

»Es war Kates Kuh, und sie durfte sie verschenken.«

»Was willst du eigentlich?«

Ich umklammerte den Lenker und kämpfte gegen meine Nerven.

»Warum geben Sie uns die Kühe nicht?«

»Hä? Die gehören nicht mir! Frag Thomas, ob er seine Kühe verschenken will.«

»Das kann er nicht. Er braucht das Geld, um Sie zu bezahlen.«

Mostyn nickte. »Stimmt. Ich habe meine Weide wieder. Und jetzt will ich mein Geld. Aber wie kommst du auf die Idee, *ich* könnte es mir leisten, Kühe zu verschenken?«

»Sie haben einen Riesenbetrieb. Sie haben Geld.«

Er lachte. Seine Zähne waren gelb und scheußlich. »Ach was? Schmeicheleien?« Er richtete seinen fetten Finger auf mich. »Hör mal zu. Thomas ist der Hof auf dem Silbertablett überreicht worden – ich musste meinen aus dem Nichts aufbauen! Also geh du nach unten in die Mawr und sag ihnen, sie sollen Thomas seine Kühe zurückgeben und dann kann er seine Schulden bezahlen – bei *mir*.«

»Bitte, Mr Mostyn«, sagte ich. »Ich habe es der Presse verraten und jetzt hab ich ein furchtbar schlechtes Gewissen. Bitte, retten Sie die Kühe.«

»Kate Thomas war auch schon hier und hat gebettelt. Also sag ich dir dasselbe wie ihr – ich will nicht die Kühe, Mädelchen. Ich will mein *Geld*!«

Ich fand es ätzend, dass er mich Mädelchen nannte. Geld, Geld,

Geld, mehr interessierte ihn nicht. Und nun verlor ich zum zweiten Mal an diesem Tag die Beherrschung.

»Sie sind an allem schuld!«

»Was?«

»Sie haben Mr Thomas unter Druck gesetzt«, sagte ich und stach meinerseits mit dem Finger nach ihm. »Kate hat nur versucht, die Kühe zu retten. Die sind ihr eben wichtig. Wenn Sie eine Kuh wären, wären Sie schon längst tot und aufgegessen. Meine Oma braucht diese Kuh und den anderen geht das auch so. Aber *Sie* brauchen die Kühe nicht, Sie haben ja schon jede Menge. Sie leben nicht in der Mawr! Sie wissen nicht, wie das ist. Sie haben keine Ahnung. ›Mostyn der Geizkragen‹ werden Sie genannt – kein Wunder.«

Ich drehte mein Rad um und fuhr los. Mr Thomas war alles egal, Mostyn wollte nur Geld und Dad saß hinter Gittern und war keine Hilfe. Nutzlos, die ganze Bande.

Ich schrie den ganzen Weg den Hang hinunter.

Vierzig

Ich hatte kaum einen Schritt in Omas Haus gemacht, da fragten auch schon alle, wie es gelaufen sei.

»Gut«, sagte ich. »Natürlich war er wütend.«

Ich erzählte ihnen nicht, dass Kates Dad gesagt hatte, er wollte die Kühe sofort zum Schlachthof fahren, vor allem, weil Oma und Darren so hoffnungsvolle Gesichter machten. Oma berichtete, alle fänden die Idee gut, die Kühe in den Park zu bringen, nur Roger nicht. Mir ging auf, dass am nächsten Tag um diese Zeit die Kühe vielleicht schon auf dem Weg zum Schlachthof sein würden, und an allem wäre nur meine große Klappe schuld.

Später an diesem Abend saß ich bei uns oben auf der Treppe und hörte Mam beim Telefonieren zu. »Na ja, sie kommt eben nach mir, Robbie … nimmt kein Blatt vor den Mund … du hättest früher anrufen sollen – sie ist schon schlafen gegangen. Hast du gesagt, du hast Angst? Es ist seltsam, Rob, aber hier ist jetzt alles anders. Alle meinen, das liegt an den Kühen. Ich weiß nicht. Ich kann auch nur sagen, dass es anders ist ...«

Als sie aufgelegt hatte, sah ich sie an. Sie nahm sich eine Zigarette und steckte sie zwischen die Lippen. Sie hob ihr Feuerzeug, dann hielt sie inne, seufzte und zog die Zigarette heraus. Sie ließ den Kopf gegen die Sofalehne sinken.

Ich ging leise nach unten.

»Wieso bist du nicht im Bett?«, fragte sie.

»Hab Durst, Mam – schrecklichen Durst.« Ich ging in die Küche. »Möchtest du 'nen Schluck Wasser?«

»Nein.«

Ich füllte und leerte mein Glas einige Male, dann trank ich einen Schluck und ging zur Wohnzimmertür. Mam starrte ins Nichts. Ich ging zum Sofa und setzte mich neben sie. Mein Herz hämmerte. Ich dachte, sie würde mich vielleicht wieder nach oben schicken, aber ich wollte bei ihr sein. Ich nippte an meinem Wasser und Mam schwieg. Wir starrten einfach auf den ausgeschalteten Fernseher. Ich erinnerte mich daran, wie ich mich früher auf diesem Sofa an sie gekuschelt hatte. Das war so lange her, dass es mir vorkam wie ein Traum.

»Das war eben dein Dad am Telefon«, sagte sie.

»Ach ja«, sagte ich so gelassen, wie ich konnte. »Und?«

»Ich glaube, er war ein bisschen erschüttert über deinen Ausbruch heute.«

»Ich hab nur die Wahrheit gesagt«, sagte ich.

Mam sah mich an. »Hat ihm gutgetan, das zu hören, vor allem von dir. Ich weiß, er grinst die ganze Zeit, wenn wir zu Besuch kommen, und man könnte meinen, er wäre im Ferienlager, aber er will da raus. Er ist reingeraten, weil er leichtgläubig ist, Gemma. Er ist ausgenutzt worden. Das weiß ich jetzt.«

Ich nickte. Ich wollte nicht, dass unser Gespräch aufhörte. »Sehe ich wütend aus, Mam?«

»Wütend?«

»Ja, hab ich ein wütendes Gesicht?« Wie Sian, dachte ich.

»Nein. Gar nicht. Du hast ein hübsches Gesicht.«

Mir wurde plötzlich ganz heiß. Meine Kehle war wie ausgedörrt und deshalb trank ich noch einen Schluck Wasser.

»Was machst du eigentlich, Mam? Bei der Arbeit, meine ich?«

»Wie meinst du das?«

»Ich frage, weil ich das eben nicht weiß.«

»Na ja, viel gibt es da nicht zu sagen. Es ist eine Elektronikfabrik und ich sitze am langweiligsten Ende – ich packe die Teile in Kartons, wenn sie fertig sind.«

»Und wozu braucht man diese Teile?«

Mam überlegte kurz. »Weißt du, was?«, sagte sie dann. »Ich hab keine Ahnung. Das ist doch nicht zu fassen! Ich arbeite da jetzt schon seit zwei Jahren und ich hab keine Ahnung.« Sie schüttelte den Kopf und lachte.

»Warum bittest du nicht um eine andere Aufgabe?«

»Dinge in Kartons stopfen ist gerade das, was ich kann, Gem«, sagte sie. »Deshalb nerv ich ja so mit Schule und Hausaufgaben rum, denn, das kannst du mir glauben, in so einem Job willst du nicht landen – da verfault dein Gehirn. An manchen Tagen komm ich mir vor wie ein Roboter.«

»Was hast du vorher gemacht?«

»Vor allem Stütze kassiert, seit ich mit der Schule fertig war. Dann hatte ich einen Job in der Kantine einer Autofabrik und da hab ich deinen Dad kennengelernt. Die Arbeit hat mir gefallen. Es hat mir Spaß gemacht, das Kartoffelpüree auf den Shepherd's Pies zu verteilen.«

»Was ist dann passiert?«

»Du bist passiert.«

»Tut mir leid«, sagte ich.

Mam runzelte die Stirn. »So toll war es da auch wieder nicht, Gemma. Ich hab mich gefreut, als ich schwanger wurde.«

»Du könntest bestimmt auch was anderes machen, Mam.«

»Was soll das hier eigentlich?«

»Nichts, Mam. Ich find es nur nicht schön, dass du deinen Job nicht schön findest.«

Sie sah mich seltsam an, als ob sie zu erkennen versuchte, was ich wirklich dachte. »Kannst hier in der Gegend nicht zu wählerisch sein, Gemma.«

»Meinst du, das wird helfen, Mam – dass wir die Kühe in den Park bringen, meine ich.«

»Keine Ahnung, Liebes, wirklich.«

Wir saßen eine Weile schweigend da, dann kicherte sie.

»Was ist los?«

»Musste nur daran denken, was du zu deinem Dad gesagt hast ... ›So unnütz wie eine Zitze an einem Bullen.‹«

Sie prustete los und dann konnte auch ich mich nicht mehr halten. Wir lachten zusammen und dann lauschten wir der Stille.

»Und jetzt, Liebes: Ab ins Bett.«

»Okay.« Ich brachte mein Glas zum Spülbecken. Als ich mich umdrehte, starrte sie noch immer den ausgeschalteten Fernseher an, ganz allein. Ich ging zurück, und im Vorübergehen bückte ich mich und küsste sie auf die Wange.

»Hab dich lieb, Mam.«

Ich rannte nach oben und schloss meine Zimmertür. Mein Herz klopfte mir im Hals. Ich ging ins Bett und lag dann in der Dunkelheit da und lauschte. Ich versuchte, mich zu erinnern, ob irgendwer außer Mam jemals gesagt hatte, ich sei hübsch, aber mir fiel niemand ein.

Einundvierzig

Am nächsten Tag war ich zu früh auf. Ich kam mir total elektrisiert vor, so nervös war ich. Darren war beim Frühstück schweigsam und Mam schien noch hektischer zu sein als ich.

»Mam, was ist los?«

»Es geht um euren Dad …«

Darren hörte auf zu essen.

»Er kommt am nächsten Wochenende nach Hause.«

»Davon hast du kein Wort gesagt!«

»Na ja, es war so viel los. Das nennt sich Hafturlaub und es geht nur um das eine Wochenende.«

Darren grinste, aber ich war sauer – es war ein total mieses Timing. Mam merkte das offenbar, denn sie sagte: »Ich möchte, dass wir alle was davon haben, Gemma. Wir haben auch so schon Sorgen genug, also: Bemühen wir uns.«

»Okay, Mam.«

Als wir zu den Reihenhäusern kamen, waren die Kühe schon aus den Gärten nach vorn geführt worden. Oma gab aus dem Hintergrund Anweisungen. Darren, Ryan und Jamie mussten einen Tisch zum Park bringen, denn Oma wollte den Leuten Butter und Käse anbieten. Dann standen alle nur noch stumm herum.

»Ach, gehen wir doch, ehe ich platze«, sagte Oma.

»Sind Sie sicher?«, fragte Roger.

»Wir haben die Defra angerufen«, sagte Oma. »Wir haben ihnen gesagt, was wir vorhaben, und auf mein Wort ist Verlass. *Que sera, sera*, wie Doris Day gesagt hat. Also auf geht's.«

Wir führten die Kühe zum Park. Mam ging mit Oma vor Jane her. Ich ging neben Karuna, Mr Banerjee und Peggy, und Darren war bei Morris und Donna. Alle waren schrecklich angespannt.

Als wir den Park erreichten, war ich völlig überrascht – da wimmelte es nur so von Leuten. Einige hielten Plakate mit der Aufschrift *Rettet das Bryn-Mawr-Dutzend*. Auf der anderen Seite des Parks wurden weitere Kühe von ihren Betreuern auf die Wiese geführt.

»Umwerfend«, sagte Karuna.

Das Bryn-Mawr-Dutzend war draußen und die Fernsehkameras waren zur Stelle. Oma drehte sich mit einem strahlenden Lächeln zu mir um. »Das ist wie früher, als wir hier Feste gefeiert haben, Gemma.«

Sowie die Kühe auf dem Gras standen, mampften sie los und die Menschen bildeten einen großen Kreis um sie, wie um sie zu beschützen. Eine Zeit lang sahen wir den Kühen einfach beim Essen zu. Sie kauten und mampften das Gras, als ob jede die andere übertreffen wollte. Nur ihr Kauen und Schnaufen war zu hören.

Langsam wanderten die Leute umher, um sich die Kühe anzusehen und mit den Betreuern zu reden. Schon bald kam auch ein Streifenwagen mit Blaulicht. Fünf oder sechs Polizisten stiegen aus und schauten sich um. Ich glaube, sie wussten nicht, was sie von allem hier halten sollten.

Die Leute drängten sich um Omas Käsetisch und stopften sich mit Kostproben voll. »Köstlich«, sagte eine Frau mit vollem Mund. Ich erkannte sie als eine der Damen von der Kreuzung, von dem Tag, als wir die Kühe geholt hatten.

»Was wird jetzt aus diesen Schönheiten, Lilly?«, fragte sie.

»Das wissen wir noch nicht, Lorna«, sagte Oma. »Mr Thomas weiß, dass sie hier sind. Wir rechnen jeden Moment mit ihm und können nur aufs Beste hoffen.«

»Es ist schön, dass sie hier sind«, sagte die Dame. »Haben irgendwie eine beruhigende Wirkung, nicht wahr?«

»Kommt mir vor, als ob ich sie schon ewig hätte«, sagte Oma und streichelte Jane. »Sie ist so sanft und freundlich. Wenn ich sie abends ins Wohnzimmer holen könnte, würde ich das tun.

Und sieh dir nur an, was sie uns gibt.« Sie zeigte auf Butter und Käse auf dem Tisch.

Lorna nickte. »Richtig. Nimm das hier.« Sie reichte Oma Geld.

»Ach, ich teile den Käse einfach mit euch, Lorna. Ich verkaufe ihn nicht.«

»Und ich kaufe nicht«, sagte Lorna. »Das ist für die Kühe.«

Sie legte zwei Pfund auf den Tisch und ging weiter. Die Münzen funkelten im Sonnenlicht und sahen aus wie Gold. Ich schaute zu Oma hinüber, als der Fernsehreporter auf sie zukam.

»Gehört Ihnen diese Kuh, Madam?«, fragte er.

»Nein, junger Mann. Das ist eine Kuh Gottes.«

»Nein. Ich meine, ob ...«

»Hier, probieren Sie mal.« Oma drückte dem Reporter ein Stück Käse in die Hand und brachte ihn damit aus dem Konzept.

Dann hörte ich ein lautes Klicken und eine Stimme sagte: *»Achtung, Achtung, ich bitte um Ihre Aufmerksamkeit ...«* Es war ein Polizist mit einem Megafon. *»Dieser Park ist als Weidefläche für Kühe nicht zugelassen ...«*

Neben dem Polizisten standen Mr Thomas und Kate. Auf irgendeine Weise kam Kate mir kleiner vor, als ob sie sich in ihre eigene kleine Schwester verwandelt hätte. Sie starrte die vielen Menschen an, und als sie mich entdeckte, krampfte sich mein Magen zusammen. Ich fragte mich, wie sie über uns alle dachte.

»Die Tiere sind unbefugt von ihrem Hof entfernt worden. Deshalb

müssen sie auf Anweisung des Landwirtschaftsministeriums untersucht werden«, sagte der Polizist. »*Bitte kooperieren Sie und lassen Sie den Defra-Inspektor einfach seine Arbeit machen.*«

Der Mann von der Defra trug Gummistiefel und hielt einen Klemmblock in der Hand. Er drehte sich zu Kates Dad um. »Sind das Ihre?«

Mr Thomas nickte.

Die nächste Kuh neben dem Inspektor war Donna. Sie wirkte nervös und ich konnte ihr da keine Vorwürfe machen. »Ich kümmere mich um sie, das tu ich«, sagte Morris zu dem Defra-Mann. »Der fehlt nix.«

»Ich muss aber diese Kuh untersuchen«, sagte der Mann, doch Morris stand ihm im Weg.

»Nehmen Sie sie mir nicht weg«, flehte Morris.

Oma rief ihn zu sich und widerstrebend trat Morris beiseite. Der Defra-Mann sah sich den Clip an Donnas Ohr an und machte eine Notiz auf seinem Klemmblock.

»Womit haben Sie sie gefüttert?«, fragte er Morris.

»Heu und Gras. War vor ein paar Tagen mit ihr hier, damit sie sich die Beine vertreten und sich satt essen konnte.«

Der Defra-Mann berührte Donnas Euter. Sie muhte. »Scheint in Ordnung zu sein«, sagte er.

»Sag ich Ihnen doch«, sagte Morris.

Wir sahen schweigend zu, als der Defra-Mann die anderen

Kühe untersuchte. Die Betreuer starrten ihn wütend an, als er von einer zur anderen ging. Endlich kam er zurück zu Mr Thomas und sprach mit ihm.

»Jetzt ist es so weit«, sagte Oma. »Der Augenblick der Wahrheit.«

Mr Thomas ging zu dem Polizisten und ließ sich das Megafon geben.

»Diese Kühe wurden ohne meine Erlaubnis von meinem Hof weggebracht …« Seine Stimme hallte im ganzen Park wider. *»Sie alle haben das gewusst, als Sie eine Kuh aufgenommen haben. Also, hier ist mein Angebot: Wenn heute Abend alle Kühe wieder auf meinem Hof sind, werde ich auf eine Anzeige verzichten.«*

Er gab dem Polizisten das Megafon zurück.

Als er wegging, teilte sich die Menge. Kates geschrumpfte Version stand ganz allein da und wir hörten nur noch die Kühe, die Grashalme ausrupften und zerkauten.

Zweiundvierzig

Es wurde nur geflüstert, als ich zu Kate hinüberging. Ich wusste nicht, was sie sagen würde – vielleicht war sie wütend und würde mir Vorwürfe machen. Sie schaute sich um, als könnte sie nicht begreifen, warum so viele Leute im Park herumstanden.

»Tut mir leid, Kate«, sagte ich. »Das war meine Idee, und ich hab die Zeitungen informiert.«

»Wirklich?«, fragte sie traurig. »Ich bin heilfroh, dass es vorbei ist, weißt du.«

»Hat er das gestern Abend wirklich gemeint, dass er die Kühe zum Schlachthof schicken will?«

»Keine Ahnung. Er muss einen neuen Käufer finden oder sie auf dem Viehmarkt anbieten, und das braucht Zeit und Geld.«

Oma kam zu uns herüber, zusammen mit Mam, die den Arm um Darren gelegt hatte. »Es tut mir so leid, Kate«, sagte sie. »Das zeigt nur, dass man sogar in meinem Alter noch die falsche Entscheidung treffen kann.«

»Ist schon gut, Lilly«, sagte Kate. »Ich hab ja mit allem angefangen.«

Die Kuhbetreuer versammelten sich um uns. Alle waren so traurig.

»Na los«, sagte Oma. »Hat keinen Zweck, das Unvermeidliche aufzuschieben. Es ist auch so schon schlimm genug. Bringen wir die Kühe nach Craig-y-Nos.«

»Ich will sie nicht zurückgeben«, sagte Morris und streichelte Donna dabei.

»Das wollen wir alle nicht«, sagte Oma. »Wir haben uns von unserer Begeisterung mitreißen lassen, als wir die Kühe aufgenommen haben, aber es war einfach falsch und jetzt müssen wir uns den Konsequenzen stellen. Es war wunderschön, sie alle im Park zu sehen, und dass ich den Käse verteilt habe, hat mich an unsere früheren Feste hier erinnert.« Sie drehte sich zu Kate um. »Bringst du sie alle auf einmal hoch?«

»Nein. Zweimal sechs, so, wie wir gekommen sind.«

»Bitte, kannst du Jane als Erste mitnehmen?«, fragte Oma.

Jane schaute wiederkäuend auf, als ob sie das gehört hätte. Oma ging zu ihr. »Ich muss mich jetzt von dir verabschieden, Jane, meine Schöne. Danke für deine Milch und danke für deine Gesellschaft.«

Oma küsste Jane auf den Kopf. Ich musste den Atem anhalten, um nicht in Tränen auszubrechen.

»Bleib bei ihr, Lilly«, sagte Kate. »Wir nehmen sie beim zweiten Mal mit. Sie war als Erste unten, da soll sie als Letzte nach oben kommen.«

Oma lächelte.

Wir trieben sechs Kühe zusammen und dann machten Kate, Darren und ich uns auf den Weg. Die Leute, die sich um die Kühe gekümmert hatten, kamen hinter uns her.

Kate drehte sich zu ihnen um. »Ist schon gut, wir schaffen das.«

»Wir wollen mitkommen, Liebes«, sagte Maria Bracchi. »Wir haben nichts anderes zu tun.«

Die anderen sahen zu, wie wir die sechs Kühe durch die High Street und dann nach Craig-y-Nos hochführten. Es war traurig, wie ein Leichenzug. Autos hielten und ließen uns vorbei. Als wir zur Autobahnbrücke kamen, rief Oma an.

»Was ist los, Oma?«

»Es geht um Donna – irgendwas ist mit ihr komisch.«

»Wie meinst du das?«

»Ich weiß nicht so recht.«

Im Hintergrund muhte Donna, obwohl man normalerweise nicht so viel von ihr hörte. Ich reichte das Telefon an Kate weiter. Sie hörte Oma zu, dann sagte sie: »Okay, ich komm gleich.« Sie drehte sich zu uns um. »Ich muss wieder nach unten.«

»Was ist mit den Kühen?«

»Darren, du bringst sie erst mal auf die Wiese bei der Brücke. Du weißt ja, wo das ist.«

Er nickte.

»Es dauert nicht lange«, sagte Kate. »Vermutlich nicht der Rede wert.«

Ich folgte ihr, aber ihr langsamer, schlurfender Gang verwandelte sich bald in den totalen Sturmschritt.

Dreiundvierzig

Donna muhte, aber es war kein normales Muhen, sondern eher ein Stöhnen.

Sie hatten sie zurück in Morris' Garten gebracht. Kate fuhr mit der Hand über Donnas Bauch und dann ging sie um sie herum.

»Was ist los?«, fragte ich.

»Sie ist eigentlich noch nicht so weit, aber ich glaube, sie kalbt.«

Oma hob die Hand an den Mund. »Ach, du meine Güte.«

»Aber hier stimmt was nicht.« Zum ersten Mal sah ich Angst in Kates Augen. Sie schaute mich an und sagte: »Mein Dad muss kommen.«

Als Kate ihn anrief, klang ihre Stimme jämmerlich und verängstigt. Ich dachte, Mr Thomas würde sich weigern zu kommen, aber sie legte auf und sagte: »Er macht sich sofort auf den Weg.«

Es wurde schon dunkel und bald hatte sich herumgesprochen, dass Donna kalben würde. Morris hatte das Licht in seiner Küche eingeschaltet, aber das reichte nicht, deshalb brachten die anderen noch mehr Lampen und warteten im Garten. Das Licht leuchtete so warm, es erinnerte mich an ein Bild von Christi Geburt, das ich einmal gesehen hatte.

Immer, wenn Donna ein Muh ausstieß, litten wir mit ihr, es war schrecklich. Karuna spielte Flöte, um uns zu beruhigen. Als wir Mr Thomas' Lastwagen kommen hörten, wurde die Spannung noch schlimmer. Er knallte mit der Wagentür und die Menge teilte sich, um Mr Thomas in den Garten zu lassen. Er blieb einen Moment stehen und starrte uns an. Hier standen wir nun alle um Donna herum, um eine Kuh, die wir ihm weggenommen hatten und der es jetzt schlecht ging. Donna ließ ein stöhnendes Muh hören, wie um zu sagen: »Geht doch weg!«

»Danke, dass Sie gekommen sind«, sagte Oma.

Mr Thomas untersuchte Donna. Sie muhte. »Ganz ruhig, Mädel.« Er ging zum Lastwagen und kam mit einem langen Gummiding zurück. Das reichte er Kate.

»Dad, ich ...«

»Das sind deine Kühe«, sagte er. »Wasch dir anständig die Hände und kümmer dich selbst drum.« Er drehte sich zu uns um. »Wir brauchen mehr Stroh.«

Sofort gingen einige Nachbarn los. Mr Thomas lief zu seinem

Wagen und kam mit einer Spraybox zurück, mit der er Donnas Hintern einsprühte – Desinfektionsmittel, wie Oma sagte. Als Kate aus dem Haus zurückkam, trug sie den langen Gummihandschuh, der ihr bis an die Schulter reichte. Sie stellte sich hinter Donna.

»Greif so tief rein, wie du kannst«, sagte ihr Dad. »Und sag mir, was du fühlst.«

Donna schnaubte, als Kate ihren Arm hineinsteckte. Ich schnappte nach Luft. Einen Augenblick später sagte Kate: »Ich fühle ein Bein.«

»Kannst du den Kopf fühlen?«

»Nein.«

»Okay, dann versuch, den Körper einmal zu drehen. Hab keine Angst, ihr wehzutun – du machst es ihr nur leichter.«

Ich konnte sehen, wie Kate die Zähne zusammenbiss, als sie zog und schob. Donna muhte.

»Ich hab es ein wenig bewegt.«

»Jetzt versuch noch mal, Kopf oder Nase des Kalbs zu finden.«

Kate stieß ein Seufzen aus. »Da ist etwas. Ja, es ist der Kopf.«

Ich war total angespannt. Mr Banerjee betete. Ich schaute Karuna an, der lächelte und mir das Gefühl gab, dass alles gut gehen würde.

»Und jetzt musst du versuchen, den Kopf nach vorn zu bringen und das andere Bein zu erreichen.«

Kate trat ein wenig zurück und Donna stieß ein Brüllen aus. Morris versuchte, sie zu beruhigen.

»Okay, jetzt schaut der Kopf nach vorn.«

»Und jetzt greif so weit rein, wie du kannst«, sagte Mr Thomas. »Versuch, die rechte Schulter zu finden. Dann bekommst du das Bein zu fassen.«

Kate griff hinein und Donna muhte wieder laut.

»Ich kann nicht.«

»Du kannst.«

»Mach du weiter, Dad!«

»Nein. Noch einen Versuch.«

Kate wimmerte, als sie sich reckte. Donna stöhnte und Oma stöhnte mit ihr. Mam legte den Arm um mich und ich hielt ihre Hand.

Kate keuchte auf. »Hab das Knie.«

»Gut. Streck das Bein durch und zieh daran.«

Kate biss wieder die Zähne zusammen. Donna schwankte, und dabei rutschte Kate ab.

»Ganz ruhig, Mädchen«, sagte Mr Thomas.

Jetzt stand Kate mit zitternden Beinen auf Zehenspitzen da.

»Sorg dafür, dass der Kopf nicht nach hinten kippt«, sagt Mr Thomas. »Er muss zwischen den Beinen liegen.«

Kate machte ein entschlossenes Gesicht. Sie war rot vor Anstrengung. Dann kam ihre Hand mit zwei kleinen Hufen heraus.

»Jetzt kann sie allein weitermachen, Kate«, sagte ihr Dad. »Lass los.«

Kate trat zurück. Donna schnaubte. Dann sah ich die Nase – die Nase eines Kuhbabys – und ich musste einfach weinen. Donna presste wieder und der Kopf des Kalbs kam heraus. Ich legte den Arm um Darren, der ebenfalls weinte. Dann, mit einem letzten Stoß, fiel das Kalb auf das Bett aus Stroh.

»Braves Mädchen!«, sagte Morris stolz.

Ich ließ ganz viel Luft aus meinen Wangen entweichen.

Donnas Kalb war mit Blut und Schleim bedeckt. Mr Thomas kniete sich hin und fing an, das Kalb zu massieren – es atmete nicht.

Kate hockte neben ihm. Ohne Anweisungen abzuwarten, hob sie den Kopf des Kalbes hoch, schob das Maul auf und blies hinein. Nichts.

Sie versuchte es noch einmal und ich sah, wie der Bauch des Kalbs anschwoll.

Dann kam ein Schnauben und das Kalb schrie auf und es klang eher wie ein Lämmchen.

Wir sahen alle schweigend zu, als es versuchte aufzustehen. Wir wollten unbedingt, dass es auf eigenen Beinen stehen konnte. Es war so zart – seine Beine sahen aus, als ob sie jeden Moment zerbrechen könnten. Es stolperte und versuchte immer wieder, aufzustehen. Es wackelte, taumelte und fiel. Dann stand es endlich, machte zwei Schritte, hob den Kopf und fing an, bei Donna zu trinken. Wir alle sagten »Ah« und »Oh«, als Donna anfing, ihr Kalb sauber zu lecken. Und alle hatten Tränen in den Augen, sogar Roger.

»Danke, Dad«, sagte Kate. »Ohne dich hätte ich das nicht geschafft.«

Mr Thomas schien sich gar nicht wohl in seiner Haut zu fühlen, so, als ob ihm jetzt erst wieder einfiel, dass wir alle da waren.

Vierundvierzig

Während Kate sich wusch, stand Mr Thomas mit fest verschränkten Armen in Omas Küche und wir warteten.

»Was ist mit dem Kalb?«, fragte Oma, während sie Tee kochte. »Ich meine, was müssen wir tun?«

»Donna kümmert sich selbst darum«, sagte er. »Es ist nicht das erste Mal. Aber sie wird Futter brauchen, das bring ich dann morgen vorbei.«

»Aber … soll sie nicht zu Ihnen auf den Hof?«

»Das ist nicht der richtige Augenblick, um eine Kuh und ihr Kalb zu transportieren. Es ist besser, wenn sie erst mal hierbleiben. Damit meine ich nicht alle Kühe«, fügte er mit strenger Stimme hinzu. »Nur die Kuh und das Neugeborene.«

Es klopfte an der Tür und ich öffnete. Es war Kerry. »Alles in Ordnung?«, fragte sie, als Kate gerade die Treppe herunterkam.

»Das hat sie gut gemacht«, sagte Mr Thomas.

»Ja, Donna war großartig«, sagte Kate. »So geduldig.«

»Ich habe dich gemeint«, sagte ihr Dad. »War richtig stolz auf dich.«

Kates Gesicht verzerrte sich plötzlich. »Tut mir leid, Dad, es tut mir so leid. Ich habe nur Chaos angerichtet. Ich weiß nicht, warum ...«

Kerry nahm sie in den Arm. Ich hatte das Gefühl, dass Oma und ich hier eigentlich nicht dabei sein sollten, als ob wir bei ihnen in der Küche wären und glotzten.

Mr Thomas setzte sich seufzend an den Tisch. »Ach, das Chaos war schon vorher da, Kate. Dein Opa hatte Recht, die Landwirtschaft liegt mir einfach nicht. Ich hätte schon längst etwas ändern müssen.«

»Das hat er gesagt, Dad«, sagte Kate. »Aber das war nicht alles ...«

»Er hat ja nichts gesagt, was ich nicht schon gewusst hätte.«

»Nein. Er hat auch zu Oma gesagt, du könntest mit der Hand Holz biegen und hättest einfach zehn grüne Finger. Er hat gesagt, du würdest einen guten Schreiner oder Gärtner abgeben.«

»Wenn er das auch mal zu mir gesagt hätte«, murmelte Mr Thomas.

»Ich habe es dir mit Absicht falsch weitererzählt«, sagte Kate. »Ich war wütend auf dich.«

»Manchmal wünschte ich, ich wäre so ein richtiger Landwirt

wie Mostyn«, sagte er. »Dem es nur darum geht, dass alles immer größer und besser wird.«

»Ich nicht«, sagte Kate.

»Ich auch nicht«, sagte Kerry.

»Das war schon was Besonderes«, sagte Mr Thomas. »Wie all die Kühe da im Park standen. Ich musste daran denken, wie ich als Junge mit meinem Dad Kühe runtergetrieben habe. Dann wurde die Siedlung gebaut und es wurde für die Kühe zu gefährlich.«

»Die Kühe!«, sagte Kate. »Das habe ich vergessen. Wir haben sechs auf die Wiese bei der Autobahn gebracht.«

»Die sind wieder hier«, sagte Oma. »Als den Nachbarn aufging, dass Donna kalben würde, haben sie beschlossen, dass die Kühe nicht über Nacht dort bleiben sollten. Entschuldigen Sie, Mr Thomas, wir bringen sie morgen.«

»Nichts hat sich geändert«, sagte er. »Ich muss die zwölf Kühe noch immer verkaufen.«

»Jetzt sind es dreizehn«, sagte Oma.

Er nickte. »Ja, dreizehn. Ich könnte sie zum Viehmarkt bringen, aber was das allein kosten würde ... Ich könnte auch zu Mostyn gehen, mit der Mütze in der Hand, und ihn bitten, sich alles noch einmal zu überlegen; aber er war so schon ziemlich sauer auf mich, das könnt ihr euch ja vorstellen.«

Ich dachte an meine Begegnung mit Mostyn – ich hatte vermutlich jede Chance, ihn umzustimmen, endgültig ruiniert.

»Wie viel müssten wir hinlegen, um sie zu kaufen?«, fragte Oma.

»Ach, viel. Tausende. Ich habe einfach überhaupt keine Wahl.«

»Können wir die Kühe bis zum Wochenende behalten?«

Es war mir rausgerutscht, ehe ich alles zu Ende überlegt hatte. Alle glotzten mich an.

»Irgendein besonderer Grund?«, fragte Mr Thomas.

»Was du über Feste gesagt hast, Oma.«

»Was ist damit?«

»Warum machen wir kein Fest? Wie eine Abschiedsparty für die Kühe.«

Oma grinste mich an. Für einen Augenblick fehlten ihr die Worte, dann wandte sie sich an Kates Dad. »Wir haben kein Recht, irgendetwas von Ihnen zu verlangen, Mr Thomas, nach allem, was wir getan haben, aber das ist doch eine wunderbare Idee ... ein richtiges Fest mit Buden, einer Verlosung, Tombola ... wie damals, als Ihr Vater noch gelebt hat. Das wäre ein passender Abschied.«

Mr Thomas seufzte. »Ich glaube, mein Dad hat Sie gemocht.«

»Ach, der hat mich nie wahrgenommen«, sagte Oma. »Aber jetzt mache ich Ihnen ein Geständnis: Ich war total in ihn verknallt. Ich hab genau beobachtet, was er machte, als er aus dem Krieg zurückkam, und einmal bin ich ihm über den Weg gelaufen. Ich brachte kaum ein Wort heraus. Einen oder zwei Monate danach habe ich dann gehört, dass er heiraten würde, und ich habe geweint. Er hat mir das Herz gebrochen, ohne es auch nur zu ahnen.« Oma lächelte. »Was, wenn ich mal mit Don Mostyn rede?«, fragte sie Mr Thomas. »Man weiß ja nie … wenn ich ihm sage …«

»Oma. Das hab ich schon.«

»Wann? Du hast gar nichts erzählt!«

»Gestern. Dem geht es nur ums Geld. Ich hab es vermutlich noch schlimmer gemacht – hab ihn ›Mostyn den Geizkragen‹ genannt. Tut mir leid.«

»Ach, Gemma«, sagte Oma. »Das war aber nicht nett von dir.«

Jemand lachte. Mr Thomas grinste mich an.

Er kam mir anders vor – irgendwie entspannt und nett. Ich schaute zu Kate hinüber, die mich ebenfalls anlächelte. Sie hatte ein wunderschönes Lächeln.

Fünfundvierzig

»Was sind das für Feste, von denen Oma da geredet hat, Mam?«

Ich fand es gut, dass Darren fragte, weil ich mir auch nicht sicher war. Wir saßen im Wohnzimmer und arbeiteten an unserem Plan – alle fanden die Idee inzwischen richtig gut.

»Na ja, das waren ... Straßenfeste eigentlich, so mehr oder weniger, nur eben im Park«, sagte Mam. »Wenn man einen schönen Tag im Freien hat, mit Buden und Spielen. Ich kann mich an die Parkfeste erinnern, von denen eure Oma geredet hat.«

»Aber warum gibt es die nicht mehr?«, fragte ich.

»Sicher, weil die Mawr nicht mehr so ist wie früher.«

»Und wenn es regnet?«

»Vielleicht kann ich den Pavillon von der Fabrik ausleihen.«

»Den was?«, fragte Darren.

»Das ist so eine Art großes Zelt, mein Schatz. Wir könnten die Buden zur Not drinnen aufstellen.«

Mein Telefon klingelte. Es war Kate.

»Alles klar?«

»Kannst du mit mir nach Cardiff kommen?«, fragte sie.

»Mam, Kate will, dass ich mit ihr nach Cardiff fahre.«

»Wieso denn?«

»Wieso denn?«, fragte ich Kate.

»Sag ich dir dann. Ist wichtig.«

Kate bezahlte meine Fahrkarte. Und da saß ich dann neben ihr im Bus. Ich war froh, dass sie mich gefragt hatte, aber nun schaute sie aus dem Fenster, als ob ich gar nicht da wäre. Sie wirkte nervös.

»Karuna und Mr Banerjee machen so ein Hindudings für das Fest«, sagte ich, um überhaupt etwas zu sagen. »Weiß nicht mehr, wie das heißt, aber es ist offenbar, um den Frühling zu begrüßen. Es gibt eine Tombola – das ist wie eine Verlosung –, dafür sorgen Polly, Mrs Evans und Mave Rubens. Mrs Oleski und Mrs Choudary backen Kuchen und machen heiße Getränke und Roger ist für die Musik zuständig. Meine Mam will einen Pavillon besorgen ... ein großes Zelt ...« Ich redete und redete, was sicher nervig war, aber ich konnte die Spannung nicht ertragen und deshalb fragte ich irgendwann: »Warum fahren wir nach Cardiff ?«

»Um mit Mr Phillips zu sprechen.«

»Ach ... Wer ist das?«

»Das ist der Mann von der Defra, der die Kühe untersucht hat. Ich dachte, er könnte vielleicht dabei helfen.« Sie gab mir einen Ausdruck aus dem Internet. Es ging darum, dass Kinder Bauernhöfe besuchen und alles über Kühe und Schweine und so erfahren sollten.

»Sieht gut aus«, sagte ich, obwohl ich keine Ahnung hatte, wo der Zusammenhang mit unseren Kühen sein sollte.

»Dad weiß nicht, was er machen soll«, sagte Kate.

»Aber nach dem Fest kriegt er die Kühe doch zurück«, sagte ich.

»Das ist es aber irgendwie nicht. Er hat ein schlechtes Gewissen, weil er allen die Kühe wegnimmt.«

»Aber das sind doch seine Kühe.«

»Das habe ich ihm auch gesagt. Wirklich. Aber es macht ihm jetzt Probleme und das ist meine Schuld. Ich hab so getan, als ob es nur daran lag, dass Mostyn ihn unter Druck gesetzt hat, aber ich wusste, dass das nicht alles war. Es gab keinen Ausweg. Dad will unbedingt das Richtige tun. Und ich habe alles nur noch schlimmer gemacht ...«

Als ich ihre Tränen sah, stand mein Entschluss fest. »Hör mal. Wir gehen zu Klemmblock-Phillips. Wenn er uns nicht helfen will ... dann schlagen wir sein Büro zu Klump ...« Kate runzelte die Stirn. »Sollte nur ein Witz sein. Wir sagen, wir gehen zur Zeitung ...«

»Nein, ich glaube nicht …«

»Doch, Kate! Wir gehen zur Zeitung, erzählen alles über das Fest und fangen eine Kampagne an, du weißt schon, so wie im Fernsehen immer. Wir brauchen die Kühe für die Bryn Mawr …« Ich warf einen Blick auf den Ausdruck. »Damit ›vor allem Stadtkinder ein Verständnis für nach- … nachhaltige Agrarwirtschaft und den unschätzbaren Beitrag von Nutz-Zieh …‹«

»Nutzvieh«, sagte Kate.

»Sag ich doch.«

»Du hast Nutz-Zieh gesagt.«

»Ach … ›den unschätzbaren Beitrag von *Nutzvieh* überall auf der Welt … insbesondere in Wales … entwickeln.‹«

»Insbesondere in Wales?«

»Das hab ich erfunden.«

Kate lächelte. Geschafft.

Als wir in Cardiff angekommen waren, liefen wir noch ganz schön lange, bis wir ein Bürohaus erreichten.

»Sind wir da?«, fragte ich.

Sie nickte – einwandfrei nervös.

»Na, dann los«, sagte ich und ging als Erste hinein.

Hinter einem langen Tresen saßen zwei Rezeptionistinnen. Eine war beschäftigt, die andere sah uns an und fragte: »Kann ich euch helfen?«

»Wir möchten zu Mr Phillips«, sagte Kate.

»Habt ihr einen Termin?«

»Nein.«

»Und ihr seid?«

»Kate Thomas.«

»Und Gemma Matthews«, fügte ich hinzu und schob mir die Haare hinter die Ohren. Ich wünschte, ich hätte einen Aktentasche oder so was bei mir gehabt, einfach, um geschäftsmäßig auszusehen.

»Worum geht es denn eigentlich?«

»Es geht um das Bryn-Mawr-Dutzend«, sagte ich.

»Das was?«

»Die Kühe in der Bryn Mawr.«

Sie lächelte. »Ach so.«

Ich zwinkerte Kate zu.

»Mr Phillips«, sagte die Frau an der Rezeption ins Telefon. »Hier ist Kate Thomas für Sie ... und eine Gemma Matthews ... nein. Hier. Am Empfang.« Pause. »Die Bryn-Mawr-Kühe.« Noch eine Pause. »Ja, sicher.« Sie legte den Hörer hin. »Ihr werdet gleich abgeholt.«

»Haben Sie vielen Dank«, sagte ich zu ihr, als ob ich die Lage total im Griff hätte.

Ich setzte mich mit Kate zum Warten auf diese quietschigen Ledersessel. Ich versuchte, noch schnell die Sätze auf Kates Zettel auswendig zu lernen, als ob das etwas nützen könnte. Dann fiel mir ein Fleck auf, den mein Frühstücksjoghurt auf meiner Trainingsjacke hinterlassen hatte. Ich versuchte gerade, ihn wegzureiben, als eine Frau auf uns zukam.

»Kate und Gemma. Würdet ihr mich bitte begleiten?«

Sie führte uns durch allerlei Gänge und in ein riesiges Büro, wo Leute vor Computern saßen. Alle sahen Kate und mich an. Ich nickte ihnen zu, als ob ich wichtig wäre, aber zugleich wünschte ich, ich hätte nicht die Jeans und die Trainingsjacke mit dem Joghurtfleck an.

Wir kamen in ein kleines Büro und da saß Mr Phillips, der Mann von der Defra, nur trug er heute keine Gummistiefel.

Die Frau, die uns hergebracht hatte, fragte: »Möchtet ihr einen Tee?«

»Ja, bitte«, sagte ich, und Kate sagte im selben Moment: »Nein, danke.« Also sagte ich: »Doch nicht«, und schlug die Beine übereinander.

»Also«, sagte Mr Phillips. »Was wollt ihr?«

Er lächelte nicht, was kein guter Anfang war.

»Wir möchten in der Bryn Mawr einen Stadtbauernhof gründen«, sagte Kate.

Er sah uns an, als ob wir ein schlimmes Schimpfwort benutzt hätten. Er machte den Mund auf, um etwas zu sagen.

»Damit Stadtkinder anti- ... Kultur und Nutzvieh verstehen können«, sagte ich, aber irgendwie hatte ich es wohl nicht ganz richtig formuliert, denn er sah sehr verwirrt aus. »Damit die Kinder etwas über Kühe erfahren, meine ich.«

Mr Phillips nickte langsam. »Aber ich weiß wirklich nicht, was ich da für euch tun soll.«

Ich stand auf. »Na gut. Dann gehen wir eben zur Zeitung!«

Kate trat mir gegen das Bein und ich wusste, ich hatte alles versiebt.

Sechsundvierzig

Im Bus nach Hause hatte ich ein furchtbar schlechtes Gewissen. »Es tut mir so leid, Kate.«

»Ist schon gut – der war sowieso nicht wild drauf, uns zu helfen.«

»Sollen wir noch mal mit Mostyn sprechen?«, fragte ich.

Kate schüttelte den Kopf. »Nein. Ich will die Sache nicht noch schlimmer machen.«

Mein Telefon klingelte. Es war Mam.

»Hallo.«

»Ich wollte dir nur sagen, dass dein Dad zu Hause ist.«

»Was, jetzt schon?«

»Ja. Denk dran, was ich dir gesagt habe – wir sollten uns bemühen, Gemma. Okay?«

»Ja, Mam.« Ehe ich auflegen konnte, sagte ich noch ganz schnell: »Hab dich lieb.«

»Was ist denn los?«, fragte Kate.

»Mein Dad ist zu Hause.«

»Für immer?«

»Nur übers Wochenende. Dann kommt er zum Fest – da siehst du ihn.«

»Ich glaube nicht, dass ich zum Fest kommen will.«

»Warum nicht?«

»Tut mir leid, Gemma. Ich weiß, du und Lilly und ihr alle gebt euch solche Mühe mit der Organisation und so, aber ... die vielen Leute und die Kühe, ich würde bloß ...«

»Ist schon gut. Ich wünsch mir ja auch schon fast, ich wäre nicht auf diese Idee gekommen.«

»Aber die Idee ist doch gut.«

»Nein, ist sie nicht, echt. Ich meine, wir feiern eine große Party und dann sind die Kühe weg und alles in der Mawr wird wieder so wie vorher. Was gibt's da zu feiern? Es wird genauso mies sein wie immer. Ich will das nicht. Niemand will das.«

Den Rest der Fahrt über schwiegen wir.

Dad saß im Wohnzimmer, als ich hereinkam. Darren saß neben ihm und grinste von einem Ohr zum anderen.

»Alles klar, Gemma?«, fragte Dad, als er aufstand und mich umarmte. Er wirkte nervös, als ob er Angst hätte, ich könnte ihn wieder zusammenstauchen.

»Alles klar«, sagte ich.

»He! Wo ist Tom Jones?« Er zeigte auf die Anrichte.

Ich hatte total vergessen, dass uns die Statue zerbrochen war.

Ich schaute zu Mam und Darren hinüber. »Tut mir leid«, sagte ich. »Der ist …«

»Ich hab ihn beim Staubwischen umgestoßen«, fiel Mam mir ins Wort. »Blöd von mir.«

Sie zwinkerte mir zu.

»Ach, so. Na, egal«, murmelte Dad und starrte die Stelle an, wo die Figur gestanden hatte.

»Darren, hilf mir mal«, sagte Mam, als sie in die Küche ging.

Ich nahm an, dass sie mich mit Dad allein lassen wollte.

»Schön, raus zu sein«, sagte er. »Hier, meine ich.« Er setzte sich an den Tisch. »Aber, also … Kühe in der Mawr.«

Ich stand noch immer und fühlte mich nicht so ganz wohl in meiner Haut. »Nicht mehr lange.«

»Was kommt dann, he? Elefanten?« Er lachte gekünstelt.

»Morgen gibt es ein Fest.«

»Sieh an. Steckst du dahinter?«

»Mam hat geholfen und Oma und Darren. Und Mr Banerjee und Karuna.« Ich wartete auf eine Reaktion. »Es gibt so ein Hindu-Fest, ein Holi. Genau! So hat Mr Banerjee das genannt.«

»Super. Hast du das gehört, Liebling? Hollifest!«

»Holi, Dad. Hat nichts mit Hollywood zu tun.«

Mam trat mit Darren ins Zimmer. »Kommst du mit, Rob? Alle werden dich ansehen. Es wird sicher auch ein paar Kommentare geben.«

»Wenn es euch peinlich ist, kann ich auch hierbleiben.«

»Mir ist das egal«, sagte Mam. »Was sagst du, Darren?«

»Ich hau alle zu Brei, die einen blöden Spruch bringen.«

»Gemma?«, fragte Dad. »Das ist dein Fest.«

Ich schaute zu Mam hinüber. Mir fiel ein, dass sie gesagt hatte, dass sie immer zu Hause ist, und ich fand, sie sollte so viel wie möglich davon haben, dass Dad jetzt hier war. »Irgendwann musst du ihnen ja doch gegenübertreten, Dad.«

»Da hast du Recht. Ich werde mich vor niemandem verstecken – will ganz offen sein, alle sollen mich sehen.«

Wie die Kühe, dachte ich, ehe sie abgeholt werden.

»Gemma.«

Darren kam zu mir und machte ein wirklich ernstes Gesicht.

»Ich weiß jetzt, wer das war, Gem – wer Karuna zusammengeschlagen hat.«

»Und wer?«

»Die Tobin-Brüder. Ich hab gehört, wie sie das zu irgendwem gesagt haben – sie haben darüber gelacht.«

»Müssen wir nicht der Polizei Bescheid sagen, Mam?«, fragte ich.

»Ja, müssen wir.« Sie ging zum Telefon.

Dad sprang auf. »Was habt ihr denn vor?«

»Karuna ist übel zusammengeschlagen worden, Robbie«, sagte Mam. »Der Nachbar von Oma.«

»Jetzt hört aber mal zu. Niemand in diesem Haus singt.«

Mam fuhr herum. »Was? Hast du das im Knast gelernt, Robbie? Dass es okay ist, wenn irgendwer zusammengeschlagen wird und wir keinen Finger rühren? Wegsehen sollen wir, ja? Es so weiterlaufen lassen – in alle Ewigkeit?«

Dad lief rot an. »Was ist eigentlich in euch gefahren?«, fragte er. »Da komme ich zurück und ihr redet über Kühe und ein Fest und ... ihr wollt zu den Bullen rennen, bloß weil die von nebenan –«

»LASS ES NICHT WIEDER SO WERDEN, DAD!«

Ich brüllte so laut wie ein Löwe und meine Stimme füllte den ganzen Raum.

»Lass es nicht wieder so werden, Dad, bitte. Es ist so wunderschön, wie es jetzt ist, echt.« Ich sah Mam und Darren an. »Wir finden es alle wunderschön. Wenn du es wieder so werden lassen willst, wie es war, dann ...« Ich fing an zu weinen. »Dann kannst du auch gleich zurück in den Knast gehen.«

Ich rannte nach oben.

Ich lag im Dunkeln auf dem Bett, als es an meiner Tür klopfte.

»Nicht jetzt, Dad«, sagte ich. »Lass mich in Ruhe, bitte.«

»Ich bin's, Gemma«, sagte Darren. »Kann ich reinkommen?«

Diese Frage hatte er noch nie gestellt.

Er kam leise herein und setzte sich ans Fußende. »Mam hat die Polizei angerufen«, sagte er. »Sie kommen her, um mir ein paar Fragen zu stellen.«

Ich setzte mich auf. »Gut.«

»Ich mach mir Sorgen, Gem. Ich will doch nicht singen.«

»Wieso denn singen, Darren?«

»Weißt du doch – andere verpfeifen eben.«

»Und was ist so schlimm daran?«

Er zuckte mit den Schultern. »Ist eben so. So einen kann keiner leiden.«

»Darren, was, wenn die Tobin-Brüder mich überfallen hätten? Oder Mam? Oder Oma? Was dann?«

»Aber ...«

»Aber es ist okay, wenn sie jemand anderen zusammenschlagen. Meinst du das wirklich?«

Er seufzte. »Nein. Natürlich nicht, aber was, wenn die mich jetzt fertigmachen?«

»Dann holst du mich.«

Er lächelte. Ich legte ihm einen Arm um die Schultern. »Wenn dich irgendwer auch nur blöd anlabert, Darren, dann sagst du mir Bescheid, ja?«

Er nickte. »Was machst du dann, Gem?«

»Ich sag ihnen, dass du genau das Richtige getan hast. Und dann schick ich ihnen Kate auf den Hals.«

Er grinste.

»Was ist mit Dad?«

»Er ist ganz still. Komm doch runter, Gem. Ich möchte, dass du da bist, wenn die Polizei kommt.«

Mein Bruder wollte mich bei sich haben – von nun an würde mich nichts mehr überraschen.

»Na, dann los.«

Siebenundvierzig

Wir standen in aller Herrgottsfrühe auf, es gab unendlich viel zu tun.

Dad war noch nicht unten, weil er ausschlafen wollte, aber ehrlich gesagt war ich froh darüber, dass er im Bett blieb, ich wollte mich doch auf das Fest konzentrieren. Unsere Telefone klingelten ununterbrochen. Dann sagte Mam: »So. Und jetzt setzen wir uns und frühstücken in Ruhe, das wird uns guttun. Ich lege die Telefone in den Kühlschrank, damit wir unsere Ruhe haben.«

Das tat sie dann auch. Darren und ich lachten. Und während wir den Frühstückstisch deckten, kam mir ein komischer Gedanke. Ich stellte gerade den Milchkarton auf den Tisch und dabei sagte ich: »Mam. Wie viel Milch verbrauchen wir an einem Tag?«

»Mindestens so einen«, antwortete sie.

Als ich die Milch in meine Müslischale goss, dachte ich, dass ein Liter nur für mich, Darren und Mam ganz schön viel war.

»Meinst du, wir könnten ohne Milch zurechtkommen, Mam?«

»Ach, Gemma, hör doch auf. Ein Tropfen Milch wird dich nicht …«

»Nein, Mam. So war das wirklich nicht gemeint. Aber es wäre doch für uns alle schwierig, nicht wahr? Kein Müsli, kein Tee oder Kaffee, keine Milch zum Kochen.«

»Na ja, manche nehmen Sojamilch«, sagte sie.

»Kotz«, sagte Darren. »Ich will echte Milch.«

»Ich sag ja nicht, dass wir keine Milch trinken sollten, wirklich nicht.«

Ich wusste nicht, warum ich plötzlich so verstört war, aber ich musste dauernd an die Milch denken. Das war seltsam.

»Was ist denn los, Liebes?«, fragte Mam.

»*Ich liebe Milch*«, sagte ich ins Megafon.

Vor mir stand der Pavillon. Er war groß genug für alle Buden und die Leute konnten ein und aus gehen. Und es waren jede Menge Leute da, richtige Massen. Mitten im Park standen die dreizehn Kühe. Donnas neues Kalb war die Hauptattraktion, es war aber auch unbeschreiblich niedlich. Die Musik war verklungen und alles war zum Stillstand gekommen, als Oma durch das Megafon gesprochen hatte.

Als sie es mir reichte, hätte ich mir vor Angst fast in die Hose gemacht.

Ich schluckte. »*Ich liebe Milch ...*«, sagte ich noch einmal. »*Ich habe heute Morgen Milch getrunken. Und mein Bruder und meine Mam und mein Dad auch ...*« Das klang blödsinnig, aber ich konnte jetzt nicht aufhören. Mam lächelte und nickte mir aufmunternd zu. »*Und dabei habe ich über Milch nachgedacht. Alle hier in der Mawr hatten bestimmt Milch auf dem Tisch, so wie ich. In allen Supermärkten stehen die Regale voller Milchkartons – in unterschiedlichen Größen. Allein in der Mawr gibt es zwei Supermärkte und dann noch viel mehr andere Läden, in denen Milch verkauft wird. Und die Milch in den Kartons war doch einen oder zwei Tage früher noch in einer Kuh. Ich frage mich, wie viele Milchkartons es gerade jetzt in Wales gibt, in Läden und Kühlschränken zu Hause, und ich frage mich, wie viele in Großbritannien. Millionen und Abermillionen bestimmt. Kate hat mir erzählt, dass Bauern wie Mr Thomas nur ein Drittel des Preises bekommen, den wir für einen Liter bezahlen. Nicht viel, oder? Milch ist billig, wenn wir uns überlegen, was man alles damit machen kann. Aber es geht darum, dass die ganze Milch, überall auf der Welt, von Kühen wie Jane kommt. Millionen von Kühen, die Millionen von Litern ihrer Milch hergeben, nur für uns ...*«

Sie starrten mich schweigend an.

»*Als ich heute Morgen den Milchkarton sah, musste ich an Kühe denken ... die haben keine Ahnung, wie sehr wir ihre Milch brauchen, und sie wollen nur Gras. Es ist irre, überlegt doch mal. Gras gibt es überall. Wir stehen darauf, und wie mein Bruder Darren gesagt hat, wir schie-*

ben vorn in die Kuh Gras rein und hinten kommt Milch raus. Das ist wie Zauberei! Na ja, es ist Zauberei! Aber jedenfalls, das habe ich heute beim Frühstück meiner Mam gesagt und die hat es Oma gesagt und die hat gesagt, ich soll es euch sagen ...«

Alle schauten mich an, als ob sie auf die Pointe warteten, aber das war sie schon. Das war alles, was mir am Frühstückstisch durch den Kopf gegangen war. Ich reichte das Megafon wieder Oma und alle fingen an zu klatschen. Ich war schrecklich verlegen und gleichzeitig freute ich mich. Ich sah Mam lächeln und dann bemerkte ich Dad neben ihr. Es war seltsam, ihn dort zu sehen. Vermutlich, weil ich ihn so lange nicht mehr draußen gesehen hatte. Da stand er nun, zwischen den vielen Menschen, und lächelte mich an, aber er wirkte verloren.

Ich ging zu ihm hinüber. »Hallo, Dad«, sagte ich, so fröhlich ich konnte.

»Schöne Rede, Kleine«, sagte er. »Bin wirklich stolz auf dich.«

»Hast du schon Omas Käse probiert?«

»Nein.«

»Dann komm mit.«

Wir gingen ins Zelt zu Oma, wo jede Menge Leute ihren Käse probieren wollten. »Willkommen zu Hause, Robbie«, sagte sie.

Dad nickte. »Danke, Lilly.«

»Hallo, Robbie«, sagte Roger. »Haben die dich wirklich rausgelassen? Oder hast du die Gitterstäbe durchgesägt?«

»Roger!«, fauchte Mam.

»Ist schon gut, Claire«, sagte Dad. »Sollte nur ein Witz sein, oder, Rodge?«

Roger machte ein verlegenes Gesicht. »Sicher doch.«

Nun wurden Trommeln geschlagen und Glöckchen bimmelten – das Holi-Fest hatte angefangen. Drei riesige Papierdrachen mit knallbunten Schwänzen stiegen auf. Die Leute warfen buntes Pulver in die Luft. Es war wild, wie ein explodierender Regenbogen. Am Ende hatte ich rotes und gelbes Pulver in den Haaren und auf den Kleidern. Auf diese Weise kam mir alles vor wie ein echtes Fest, ein Fest für die Kühe. Alle schienen sich zu amüsieren, aber ich wünschte, Kate könnte das alles sehen, auch wenn sie traurig wäre, weil die Kühe verkauft werden würden. Ich sah, dass Karuna die eine Drachenschnur in der Hand hielt und daran zog, während er rückwärtsging.

»Gemma«, rief er.

Als er mich eingeholt hatte, sagte er: »Ich möchte mich bei dir und deiner Mutter und deinem Bruder bedanken.«

»Weshalb denn?«

»Die Polizei war bei uns und hat meine Flöte auf Fingerabdrücke untersucht. Einige waren nicht von mir und sie meinen, die gehören vielleicht den Jungen, die mich überfallen haben und sie mir wegnehmen wollten.«

»Gut.«

»Und wir wollten euch für alles hier danken – für das Fest.«

Ich zuckte mit den Schultern und merkte, wie meine Wangen heiß wurden.

»Willst du mal den Drachen halten?«

»Klar doch.«

Er reichte mir das Schnurknäuel. »Vorsichtig – es ist windig.«

Sowie ich es übernommen hatte, spürte ich die Kraft des Windes, der an mir zerrte, als ob der Drachen sich losreißen und wegfliegen wollte. Als ich ihn oben am Himmel sah, während der Schwanz im Wind ein klapperndes Geräusch machte, vergaß ich alles andere – allen Kummer und alle Sorgen. Ich vergaß, dass die Kühe abgeholt werden sollten. Für einen Moment war ich glücklich, als ich den Drachen hin- und herfliegen sah. Ich sah mich um, ob Mam zuschaute, und merkte, dass Dad nicht mehr da war.

»Wo ist Dad?«, rief ich ihr zu.

»Das ist ein bisschen viel für ihn, Liebes«, sagte sie. »Er ist nach Hause gegangen.«

Sie lächelte, aber ich merkte, dass ihr das zu schaffen machte. Auch mir gefiel die Vorstellung nicht, dass Dad allein war, deshalb gab ich Karuna den Drachen zurück. »Ich muss los, tut mir leid.«

Achtundvierzig

Ich rechnete damit, dass Dad auf dem Sofa liegen und fernsehen würde, aber im Haus war alles still. Dann dachte ich, er machte vielleicht ein Nickerchen, aber als ich in die Küche ging, sah ich ihn dort sitzen, mit dem Rücken zu mir.

Er fuhr herum. »Gemma! Du hast mir vielleicht einen Schreck ...«

»Tut mir leid, Dad.«

»Warum bist du knallbunt?«

Ich sah bestimmt reichlich seltsam aus. »Das ist wegen Holi – ist doch Frühlingsfest.«

»Ach ... und warum bist du so früh zu Hause?«

»Mochte nicht mehr bleiben. Zu viele Leute.« Das stimmte zwar nicht, aber er sollte mich ja nicht zurückschicken. Ich schaltete den Wasserkocher ein. »Möchtest du einen Tee? Ich bin total ausgedörrt.«

»Ja, bitte, aber ich könnte den auch selbst machen.«

»Ist schon gut.«

»Nein, es ist komisch, Gemma. Verstehst du, drinnen ... im Gefängnis, da wird alles für uns getan. Klingt vielleicht gut, aber jetzt habe ich die ganze Zeit hier rumgesessen und kam nicht mal auf die Idee, dass ich aufstehen und mir einen Tee machen könnte.«

»Hast du keinen Wasserkocher in ... in dem Zimmer?«

»Doch, und einen Fernseher und meinen eigenen Schlüssel.« Er lachte.

»Hör doch mal auf mit den Witzen!«, fauchte ich. Die Wut war wieder da, und wie! »Wenn wir dich besucht haben, haben wir immer gefragt, wie es dir geht, und du hast Witze gerissen, aber du hast nie gefragt, wie es uns damit geht, dass du sitzt. Wir sind nie irgendwohin gegangen, haben nie irgendwas unternommen, Dad, weil wir uns das nicht leisten konnten. Du hast auch uns zu Gefangenen gemacht.«

Das Wasser kochte und ich schaltete den Wasserkocher aus. Der Dampf wirbelte zur Decke, als ob er meine davonfliegende Wut wäre. Zum ersten Mal seit langem war Dad ernst, aber nicht nur ernst, er kam mir auch traurig vor.

»Du hast Recht, Gem, ich habe euch nur Kummer gemacht, aber ich habe jedenfalls jeden Tag an euch gedacht. Ich wusste, wie eure Mam sich abmühen musste, natürlich wusste ich das, aber ich wollte nicht darüber nachdenken, schon gar nicht, nachdem eure Oma mich besucht hatte.«

»Oma? Wann hat sie dich besucht?«

»Kurz nachdem ich eingefahren war. Hat mich ganz schön zusammengestaucht. Sie hat mir ihre Meinung gesagt, klar, aber ich konnte die ganze Wahrheit nicht vertragen. Und deshalb hab ich mir eine glückliche Familie vorgestellt, um nicht den Verstand zu verlieren. Ich habe mir ausgemalt, wie wir ein Picknick machen – nur wir vier. Dass ich mir von einem Kumpel ein Auto geliehen habe und wir an eine Stelle gefahren sind, wo ich als Kind mit dem Rad war …«

Ich biss die Zähne ganz fest zusammen. Dad starrte aus dem Fenster, als er weiterredete. »Die Sonne schien und da war ein Wasserfall und wir saßen unter einem Baum und aßen unseren Proviant. Darren und ich haben die Köpfe in den Wasserfall gehalten. Meine Güte, das war vielleicht kalt!« Er lächelte vor sich hin. »Es war so ein schöner Tag. Ich hab mir das so oft vorgestellt.«

»Das war nicht ausgedacht, Dad.«

»Ich hätte nicht gedacht, dass du das noch weißt. Es ist so lange her.«

»Als ihr eure Köpfe unter den Wasserfall gehalten habt, hat Darren gesagt, sein Gehirn sei eingefroren …«

Dad lachte. »Das stimmt.«

»Du hattest ein kariertes Hemd an, mit kurzen Ärmeln. Das hattest du gerade gekauft, und einen Cowboyhut. Du hattest mit deinem Kumpel Danny ein Haus entrümpelt und für das Geld hast du Mam ein Kleid und für dich das Hemd und den Hut gekauft. Du hast mir neue Schuhe gekauft – schöne rote Sandalen mit einer Blume auf dem Riemen, und für Darren hast du eine Cowboyausrüstung besorgt ...«

Mir liefen Tränen über die Wangen – ein Miniwasserfall.

»Ich weiß noch, wie du versucht hast, mir und Darren Handstand beizubringen, und beim Picknick hat Mam geschrien, weil sich eine Wespe auf sie gesetzt hatte. Du hast gesagt, die Wespe hätte einen guten Geschmack. Nach dem Picknick bist du auf diesen riesigen Baum geklettert. Darren wollte hinterher, kam aber nicht an den untersten Ast heran. Mam rief, du solltest runterkommen, sie hatte Angst, du würdest dir den Hals brechen. Du bist so hoch geklettert ... Du hast Recht, Dad. Das war ein wunderschöner Tag.«

Er machte ein ganz seltsames Gesicht, als ich mich an das alles erinnerte. Er legte seine Hand auf meine. »Wir fahren wieder hin, Liebes, das verspreche ich. Wir machen uns einen ganz besonderen Tag.«

»Nein. Nicht dahin, Dad«, sagte ich. »Ans Meer wäre nett ... aber setz nicht den Cowboyhut auf.«

»Abgemacht!«

Sein Lächeln war gleich wieder verschwunden. »Ich habe vorhin jemanden angerufen ... hab ein bisschen rumgefragt. Ich weiß jetzt, dass die Bullen die Tobin-Brüder zur Vernehmung geholt haben. Offenbar haben sie auf der Flöte dieses Jungen die Fingerabdrücke von dem einen gefunden. Das war nicht richtig, was ich gestern Abend gesagt habe. Ich war wohl nicht ganz klar im Kopf. Verstehst du, ihr habt euch alle so sehr verändert – deine Mam, Darren und vor allem du. Ich komme mir irgendwie verloren vor ... und dumm, das ist es. Ich komme mir dumm vor.«

»Du bist nicht dumm, Dad.«

Er nickte. »Wirklich ein kluger Mann, ich fahr ein, lasse meine Familie im Stich und sage meinem Sohn, er soll der Polizei verschweigen, was er über einen Überfall weiß. Ach, Gemma, ich bin ein Vollidiot.« Er ballte die Faust so fest, dass seine Finger weiß wurden. Er presste die Lippen aufeinander und holte dann geräuschvoll Luft. »Diesmal werd ich mir Mühe geben, Gemma«, sagte er. »Das ist mein Ernst. Ich such mir Arbeit, und wenn ich dafür nach Cardiff muss. Egal, was. Ich will da nicht wieder hin. Nie mehr wieder.«

»Und wir wollen nicht, dass du da hingehst.«

Ich legte meine Hand auf seine geballte Faust. Sie öffnete sich und ich nahm seine Hand. »Komm mit mir zurück zum Fest, Dad.«

»Das kann ich nicht, Gem.« Er schlug die Augen nieder. »Hab Angst.«

»Angst haben ist in Ordnung, Dad. Komm schon. Komm und sei bei Mam. Sie ist immer allein.«

Er stand auf und ich führte ihn aus dem Haus.

Neunundvierzig

Ich kam nicht bis zum Wohnhaus, denn Kate saß auf dem Tor. Sie starrte auf die leere Weide, wo sonst die Kühe gestanden hatten. Als sie mich sah, lächelte sie, und ich fand es komisch, dass ich mich noch vor ziemlich kurzer Zeit vor ihr gefürchtet hatte.

»Alles in Ordnung?«, fragte ich.

»Klar. Wieso bist du knallbunt?«

»Weil Frühling ist.«

»Hä?«

Ich ging zu ihr und lehnte mich neben ihr an das Tor. »Sie haben Donnas Kalb Kate genannt«, sagte ich.

»Das ist nett.«

»Du hättest das mal sehen sollen. Jede Menge Leute ... ich wünschte, du wärst dabei gewesen.«

Kate gab keine Antwort. Sie starrte einfach die Weide an, als ob sie Kühe sehen könnte.

»Wie geht es deinem Dad?«, fragte ich.

»Nicht so toll. Er wird die Kühe zum Markt bringen und da verkaufen. Es wird ganz schön teuer werden, sie hinzubringen, und er hat trotzdem noch ein schlechtes Gewissen, weil er sie allen Leuten hier wegnimmt.«

»Auch Donna und Kate?«

Sie nickte. »Er und Mam haben mir geholfen, einen Antrag auf Stadtbauernhof-Gelder zu stellen. Mr Phillips hat Dad angerufen und gesagt, die Idee sei gut, aber er kann uns nicht helfen, weil er doch für die Defra arbeitet.«

»Aber die Kühe wären doch schon verkauft, bis ihr das Geld kriegt, wenn ihr es überhaupt kriegt, oder?«

»Ja. Ich glaube, sie wollten mir damit einfach eine Freude machen ... Wie geht es denn deinem Dad?«, fragte sie dann.

»Es ist komisch, dass er wieder da ist. Er ist nicht gern draußen, bei den vielen Leuten und so.«

Kate holte tief Luft. »Wir sollten nach unten gehen und die Kühe holen. Hat doch keinen Zweck, das noch länger aufzuschieben.«

»Hast du ein Fahrrad?«

»Nein.«

»Dann nehm ich dich auf meinem mit. Geht schneller.«

»Nein.«

»Warum nicht?«

»Ich kann nicht Rad fahren. Klar?«

Das war die alte wütende Kate, deren Augen wieder schmale Schlitze waren.

»Wehe, du lachst, Gemma!«

»Ich lache doch nicht. Du brauchst nicht zu fahren! Ich trete und du sitzt auf dem Sattel.«

»Nein!«

Mein Telefon klingelte. Es war Mam.

»Hallo.«

»Wir bringen jetzt die Kühe nach oben, Gemma ...«

»Wir wollten gerade runterkommen.«

»Ist schon gut, Liebes. Wir schaffen das. Mach dir keine Sorgen.«

Damit legte sie auf.

»Sie bringen die Kühe.«

Kate nickte. »Dann brauchen wir ja nicht mit deinem Rad zu fahren.«

Sie ging ein Stück die Straße entlang und ich folgte ihr und versuchte, mir das Lächeln aus dem Gesicht zu wischen.

Wir schauten auf die Bryn Mawr hinunter. Und die war ein wunderschöner Anblick.

»Hast du schon mal ein Haustier gehabt?«, fragte Kate.

»Einmal einen Goldfisch. Gewonnen ... vielleicht. Weiß nicht mehr, wo der herkam.«

»Goldfisch ist kein richtiges Haustier. Ist doch bloß ein Fisch!«

»Trotzdem ein Haustier!«

»Was ist aus ihm geworden?«

»Darren hat Brausepulver ins Glas gegossen. Da ist er gestorben.«

Als wir noch nach unten schauten, sah ich die bunten Drachen.

»He, da sind die ...«

Dann sah ich noch etwas anderes. Ich konnte es zuerst nicht erkennen, es sah aus wie ein Wesen, das sich den Hang hoch auf uns zubewegte. Ich werde es nie vergessen.

Die Drachen waren an der Spitze des Zuges und die Kühe trotteten hinterher. Hinter den Kühen kamen Menschen, Hunderte und Aberhunderte von Menschen, Tausende, die ihnen allesamt folgten. Als ob die ganze Bryn Mawr im selben Moment beschlossen hätte, einen Spaziergang zu machen – eine gewaltige Parade zum Abschied von den Kühen.

Kate und ich sahen schweigend zu.

»Die kommen doch sicher nicht bis ganz nach oben, oder was meinst du?«, fragte ich.

Kate schaute mich an und dann wieder zu der Prozession, die sich den Craig-y-Nos-Hügel hochwand. »Ich hoffe, die wollen keinen Tee.«

Als wir es Kates Eltern erzählten, hatte ich nicht den Eindruck, dass sie uns glaubten.

Dann kamen die Leute an und es war seltsam, denn manche waren dermaßen mit Farbe übersät, dass sie aussahen wie in voller Kriegsbemalung. Sie standen einfach da und schauten uns an und sie waren nur die Ersten, ein Teil der Menge. Der Rest war noch immer unterwegs.

Viele von ihnen hielten Milchkartons in der Hand. Sie kamen auf uns zu, stellten die Kartons auf den Boden, machten kehrt und gingen wieder. Niemand sagte ein Wort. Es war schon irgendwie gespenstisch.

Ich hob einen Karton hoch. Der war schwer, enthielt aber keine Milch.

»Der ist voll Geld«, sagte Kate. »Die sind alle voll Geld.«

Es dauerte eine Stunde, bis alle ihre Milchkartons abgeliefert hatten, und es waren nicht nur Leute aus der Mawr, sie kamen aus allen Tälern der Gegend.

Dad, Mam, Darren und ich halfen, die Kartons im Melkschuppen aufzustapeln. Kerry sagte, es sei eine Ironie des Schicksals, sie in den Melkschuppen zu bringen.

Noch eins von den Dingen an jenem Tag, die ich niemals vergessen werde, war, wie ich Sian dort sah. Sie stellte einen Karton auf den Boden und sah mich an. Sie lächelte nicht, sie nickte nur kurz. Ich nickte auch, und dann machte sie kehrt und ging.

Wir brauchten einige Tage, um das ganze Geld zu zählen. Es kam immer noch mehr. Aus ganz Wales trafen beim *Echo* Spenden ein. Es war mehr als genug, damit Mr Thomas mindestens sechs Kühe kaufen konnte – ein halbes Dutzend, als Grundstock für den Stadtbauernhof Bryn Mawr.

Fünfzig

Wir brachten so viel Geld zusammen, dass wir am Ende alle dreizehn Kühe behalten konnten, und wir bekamen außerdem den öffentlichen Zuschuss für den Stadtbauernhof.

Als Erstes befreiten wir den Park von allem Müll. Wir hatten jede Menge Hilfe. Die Kühe durften grasen und wir halfen Mr Thomas, die Wiese einzuzäunen. Sogar Mostyn machte mit – erstaunlich, was so ein Fernsehauftritt alles ausrichten kann. Kate und ich wurden die ersten Mitglieder des StBBM – des Stadtbauernhofs Bryn Mawr – und Mr Thomas war der Vorsitzende.

Mr Banerjee und seine Familie schlugen vor, den Stadtbauernhof mit einer Prozession der Kühe zu feiern, die mit bunten Decken und Blumen geschmückt waren. Es war großartig. Alle brachten Geschenke und Essen. Peggy führte die Prozession an und jemand wurde auf einem hohen Stuhl getragen, er war weiß gekleidet und hatte eine Krone aus Edelsteinen. Erst, als er anfing, Flöte zu spielen, erkannte ich Karuna. Sein Gesicht und sein Körper waren blau angemalt – ich weiß, ich wiederhole mich, aber er war umwerfend.

Ich fragte Mr Banerjee: »Soll er Krishna sein?«

Er lächelte. »Ja. Der heilige Hirte.«

Als die Musik verstummte, drängten sich viele Leute um Karuna, vor allem Mädchen. Ich dachte daran, dass Mr Banerjee mir erzählt hatte, die Hirtinnen seien alle in Krishna verliebt gewesen. Ich war eifersüchtig.

Ich entdeckte Kate, die sich hinter ihren Eltern versteckte. Es war seltsam, dass sie nicht gern mit vielen Menschen zusammen war. Ich hatte immer gedacht, dass ihr gar nichts etwas ausmachte, aber da stand sie nun und sah aus wie ein schüchternes Kind, das gerade laufen gelernt hat. Ich ging zu ihr hinüber.

»Hallo.«

Sie lächelte. »Hallo.«

Wir starrten die aufgeregte Menge an und ich musste einfach denken, dass alles durch sie und mich so gekommen war. »Gut, was?«, fragte ich.

Sie nickte.

»Machst du morgen irgendwas Besonderes?«, fragte ich.

»Nein.«

»Dann schau ich mal bei dir vorbei.«

»Okay«, sagte sie.

»Ich komm mit dem Rad – erste Unterrichtsstunde.«

Ich wartete nicht auf eine Antwort, sondern ging zu Darren, der gerade vom Fernsehen interviewt wurde.

»Erzähl uns, was so besonders an Jane ist.«

»Na ja, wir bekommen von ihr Milch und Butter und Käse …«, sagte Darren und starrte wie in Trance in die Kamera. »Und von einer Katze oder einem Hund oder einem Hamster kann man das ja wohl nicht behaupten, oder? Eine Kuh ist viel besser.« Er zeigte auf Jane. »Und jetzt käut sie wieder. Kühe würgen das Gras hoch, das sie gegessen haben, und kauen es noch einmal. Fantastisch. Stellen Sie sich vor, Sie könnten ein Mars essen und es dann hochholen und es noch einmal und noch einmal essen …«

Ich lachte.

Dad war jetzt nicht mehr im Gefängnis und ich wusste, dass es für ihn immer noch schwierig war, mit vielen Leuten zusammen zu sein. Als ich ihn entdeckte, sah er aus, als ob er sich hundert Meilen weit weg wünschte – das hatte er mit Kate gemeinsam. Als ich zu ihm ging, sah ich, dass er Mams Hand nahm. Ich hatte einen Kloß im Hals. Ich wandte mich ab und wanderte ein bisschen allein umher.

Ich kam mir vor wie an einem ganz anderen Ort, nicht in der Mawr, an die ich mich erinnerte – sondern an einem glücklichen Ort, wo die Menschen lachten und plauderten.

»Hallo, Gemma.«

Ich drehte mich zu Karuna um. Er war wirklich blau – seltsam, aber umwerfend.

»Fantastisch, was?«, fragte er. »Und alles wegen dir und Kate.«

Ich zuckte mit den Schultern. »Wir haben uns alle Mühe gegeben.« Als ob ich jede Woche zwölf Kühe rettete. »Wann können wir wieder Flötenunterricht machen?«, fragte ich ganz offen. Cool von mir.

»Heute Abend?«

»Okay«, sagte ich und lächelte. Dann küsste ich ihn auf seine blauen Lippen.

Kühn, oder?

»Jetzt musst du meine Eltern kennenlernen«, sagte ich zu ihm.

Wir schlenderten über die Festwiese und sahen zu, wie Oma mit Leuten redete und ihren Käse mit ihnen teilte. Sie war so glücklich. Ich dachte an den Tag, an dem sie so verzweifelt im Regen ihren Hund begraben hatte, und jetzt stand sie in der Sonne und erzählte anderen von ihrer Kuh und ihrem Käse.

Es war traumhaft, einfach traumhaft.

Einundfünfzig

Kate runzelte die Stirn und packte den Lenker, als ob ihr Leben davon abhinge.

»Wenn du loslässt, dann ...«

»Tu ich nicht«, sagte ich. »Und wenn du erst mal fährst, findest du auch das Gleichgewicht. Das kommt automatisch. Echt.«

»Fühlt sich aber gar nicht automatisch an.«

Wir waren auf einem ruhigen Feldweg unterhalb des Hofes, denn Kates Eltern sollten nicht wissen, dass sie Rad fahren lernte.

»Na gut. Füße auf die Pedale.«

Kates Arme zitterten. »Nicht loslassen!«

»Tu ich nicht.«

»Aber wenn doch ...«

»TU ICH NICHT!«

Es ging los. Dann hörte ich ein Geräusch, wie ein Surren. Jemand kam auf einem echten Rennrad den Weg herunter, so richtig zurechtgemacht in Fahrradkleidung und mit Helm. Es sauste nur so, als er vorüberfuhr.

»Wow!«

Ich ließ vor Überraschung das Rad los.

»GEMMA!«

Ehe ich sie einholen konnte, flog Kate in die Hecke neben dem Weg. Sie wollte nicht glauben, dass ich aus Versehen losgelassen hatte, aber jetzt war sie gefahren, und das war die Hauptsache. Von nun an fuhren wir an den meisten Wochenenden los. Wir fuhren sogar den Craig-y-Nos-Hügel hinunter, ganz ohne zu bremsen.

Wir schrien auf dem ganzen Weg nach unten.

Cowgirls, die um ihr Leben schrien.

Danksagung

Ganz oben auf der Liste der Leute, ohne die dieses Buch nicht entstanden wäre, steht meine Agentin, Claire Wilson, von Rogers, Coleridge and White Ltd. Sie war die Einzige, die unbedingt das ganze Buch lesen wollte, als ich die Leseprobe eingeschickt hatte. Ohne ihr Lektorat, ihre Ermutigungen und ihre Arbeit als Agentin wäre *Milchmädchen* nur eine seit langer Zeit nicht mehr geöffnete Datei in meinem Computer.

Kate Wilson und Nosy Crow hatten den Mut, das Buch einzukaufen. Ihre Begeisterung und ihre Unterstützung gaben mir das Gefühl, einem großartigen Team anzugehören. Kirsty Stansfields präzise und kluge Bearbeitung machte das Buch zu einem Ganzen, und ich möchte auch Adrian Soar und anderen für ihre Kommentare danken.

Seit ich es mir in den Kopf gesetzt hatte, Schriftsteller zu werden, hatte ich immer Arbeitgeber, die mir »Zeit zum Schreiben« bewilligten – also Danke an die Waltham Forest Mencap, an das Gloucestershire Social Services Adoption Support Team, an die Woodside Primary School in London und vor allem an das Care Forum in Bristol.

Großer Dank an dich, Karen Barnes, und die Jungen und Mädchen der Winchcombe School, Gloucestershire, für Zeit und Rückmeldung bei meinen ersten Versuchen und ebenso an Angela Depper, die meinen Text den Kindern der Croft Preparatory School in Stratford-upon-Avon vorgelesen hat. Das war wesentlich mehr als eine nette Geste.

Vor vielen Monaten hatte ich das Glück, dass die Autorin Susan Price mir großzügig Zeit und gute Ratschläge geschenkt hat. Ich möchte auch Julia Green, Steve Voake, John McLay und Lucy Christopher von der Bath Spa University und Amy Wigelsworth, Peter Buckman und Anne-Marie Doulton danken.

Ein besonderer Dank geht an dich, Dave Wood, weil du jemandem geholfen hast, einen besonders gemeinen Knoten zu lösen.

Ich danke Janatha Stout, der Leiterin der Landwirtschaftsabteilung am Hartpury College, Gloucestershire, und John Womack in Somerset, die ihr Wissen über Landwirtschaft und Milchproduktion mit mir geteilt haben. Jonathan Crump hat mich auf der Wick Court Farm for City Children herumgeführt und mir gezeigt, wie seine verschiedenen Sorten Gloucestershire-Käse hergestellt werden. Danke auch an Richard Jones und Adrian Rogers von der Defra, dem Landwirtschaftsministerium.

Für Informationen über Hinduismus danke ich Judit Bajusz und dem Oxford Centre for Hindu Studies, Dank geht zudem an Ruby Dass.

Bekannte und Verwandte waren über die Jahre hinaus in vielfacher Weise eine große Hilfe. Ich danke also von ganzem Herzen Caroline Adams, Vittorio, Marco und Alex Baratto, Havva Basto, Caroline Beale, Matt Blandford, Julian Bloom, Sophie Brown, Frankie, Andy, Molly und Billy Campbell (Sid & Otto, weil sie immer den Ball zurückbringen), Simon Campbell, Sharon Thomas, Felix und Rosa, Simon Cooke, Samantha Cordwell, Grace und Michael Dembowicz, Chris Dickens und Clio David, Pamela Gemin, Colin Hutton, Fabienne Illiano, Damien und Andrew James, Tatjana Lisson, Danielle Oldacre, Annie Peutrel, Liz Pickering, Kate Pitt und Janet Wallis.

Besonderer Dank an Neil Bastian und Andy Ward, die wissen, was wichtig ist, und die viele Stunden mit mir zusammen wiedergekäut haben.

Und endlich Dank an Isabelle Endreo für deine Liebe und Unterstützung, sogar, als du mit einer schweren Krankheit kämpfen musstest.

I WILL DANCE

Melvin Burgess
BILLY ELLIOT
Taschenbuch
192 Seiten
ISBN 978-3-551-31224-2
Auch als E-Book erhältlich

BILLY ELLIOT IST DER JÜNGSTE SOHN einer Bergarbeiterfamilie. Vater Jackie schlägt sich durch, so gut er kann, während er mit anderen Kumpels gegen die drohende Schließung der Minen streikt. Logisch, dass Billy boxen lernen soll. Doch der entdeckt in der Sporthalle seine Vorliebe fürs Ballett – ein Skandal in der rauen Arbeiterwelt. Fast schon gibt Billy seinen Traum vom Tanzen auf. Als dann aber ein Engagement an der Royal Ballet School winkt, steht er vor der Entscheidung seines Lebens.